Kadokawa Fantastic Novels

くまなの
Illustrator029

熊熊勇闖異世界 14

▶優奈'S STATUS_
姓名：優奈
年齡：15歲
性別：女
▶熊熊連衣帽（不可轉讓）
可以透過連衣帽上的熊熊眼睛看出武器或道具的效果。
▶白熊手套（不可轉讓）
防禦手套，防禦力會根據使用者的等級而提升。
可以召喚出名叫熊急的白熊召喚獸。
▶黑熊手套（不可轉讓）
攻擊手套，威力會根據使用者的等級而提升。
可以召喚出名叫熊緩的黑熊召喚獸。
▶黑白熊服裝（不可轉讓）
外觀是布偶裝。具有雙面翻轉功能。
正面：黑熊服裝
物理與魔法防禦力會根據使用者的等級而提升。
具有耐熱與耐寒功能。
反面：白熊服裝
穿戴時體力與魔力會自動回復。
回復量與回復速度會根據使用者的等級而提升。
具有耐熱與耐寒功能。
▶黑熊鞋子（不可轉讓）
▶白熊鞋子（不可轉讓）
速度會根據使用者的等級而提升。
根據使用者的等級，可以長時間步行而不會感到疲勞。具有耐熱與耐寒功能。
◀熊緩
（小熊化）
▼熊急
▶熊熊內衣（不可轉讓）
不管使用多久都不會髒。
是不會附著汗水和氣味的優秀裝備。
大小會根據裝備者的成長而變化。
▶熊熊召喚獸
使用熊熊手套所召喚的召喚獸。
可以變身成小熊。

技能

▶ 異世界語言

可以將異世界的語言聽成日語。

說話時傳達給對方的內容也會轉變成異世界語言。

▶ 異世界文字

可以讀懂異世界的文字。

書寫的內容也會轉變成異世界文字。

▶ 熊熊異次元箱

白熊的嘴巴是無限大的空間。可以放進（吃掉）任何物品。

不過，裡面無法放進（吃掉）還活著的生物。

物品放在裡面的期間，時間會靜止。

放在異次元箱裡面的物品可以隨時取出。

▶ 熊熊觀察眼

透過黑白熊服裝的連衣帽上的熊熊眼睛，可以看見武器或道具的效果。不戴上連衣帽就不會發動效果。

▶ 熊熊探測

藉由熊的野性能力，可以探測到魔物或人類。

▶ 熊熊召喚獸

可以從熊熊手套召喚出熊。

黑熊手套可以召喚出黑熊。

白熊手套可以召喚出白熊。

召喚獸小熊化：可以讓熊熊召喚獸變成小熊。

▶ 熊熊地圖ver.2.0

可以將熊熊眼睛看到的地方製作成地圖。

▶ 熊熊傳送門

只要設置傳送門，就可以在各扇門之間來回移動。

在設置好的門有三扇以上的情況下，可以透過想像來決定傳送地點。

傳送門必須要戴著熊熊手套才能夠打開。

▶ 熊熊電話

可以和遠方的人通話。

創造出來以後，能維持形體直到施術者消除為止。不會因為物理衝擊而損壞。

只要想著持有熊熊電話的對象就能接通。

來電鈴聲是熊叫。持有者可藉由灌注魔力切換開關，進行通話。

▶ 熊熊水上步行

可以在水面上移動。

召喚獸也可以在水面上移動。

▶ 熊熊心電感應

可以呼叫遠處的召喚獸。

魔法

▶ 熊熊之光

藉由聚集在熊熊手套上的魔力，可以產生熊熊形狀的光球。

▶ 熊熊身體強化

將魔力灌注到熊熊裝備，就可以進行身體強化。

▶ 熊熊火屬性魔法

藉由聚集在熊熊手套上的魔力，可以使用火屬性的魔法。

威力會與魔力、想像呈正比。

如果想像出熊的模樣，威力會變得更強。

▶ 熊熊水屬性魔法

藉由聚集在熊熊手套上的魔力，可以使用水屬性的魔法。

威力會與魔力、想像呈正比。

如果想像出熊的模樣，威力會變得更強。

▶ 熊熊風屬性魔法

藉由聚集在熊熊手套上的魔力，可以使用風屬性的魔法。

威力會與魔力、想像呈正比。

如果想像出熊的模樣，威力會變得更強。

▶ 熊熊地屬性魔法

藉由聚集在熊熊手套上的魔力，可以使用地屬性的魔法。

威力會與魔力、想像呈正比。

如果想像出熊的模樣，威力會變得更強。

▶ 熊熊電擊魔法

藉由聚集在熊熊手套上的魔力，可以使用電擊魔法。

威力會與魔力、想像呈正比。

如果想像出熊的模樣，威力會變得更強。

▶ 熊熊治療魔法

可以使用熊熊的善良心地治療傷病。

克里莫尼亞

菲娜

優奈在這個世界第一個遇見的少女，十歲。由於母親被優奈所救而與她結緣，開始負責肢解優奈打倒的魔物。經常被優奈帶著到處跑。

修莉

菲娜的妹妹，七歲。時常緊跟在母親堤露米娜身邊，幫忙「熊熊的休憩小店」的工作，是個懂事的女孩。最喜歡熊熊。

堤露米娜

菲娜與修莉的母親。被優奈治好了疾病，此後與根茲再婚。受到優奈委任，負責「熊熊的休憩小店」等店面的庶務。

根茲

克里莫尼亞冒險者公會的魔物肢解專員。很關心菲娜，後來與堤露米娜結婚。

諾雅兒・佛許羅賽

暱稱諾雅，十歲。佛許羅賽家的次女。是個熱愛「熊熊」的開朗少女。

克里夫・佛許羅賽

諾雅的父親。克里莫尼亞城的領主。是個經常被優奈的誇張行動拖下水的可憐人。個性親民，受人愛戴。

雪莉

孤兒院的女孩。手巧的優點受到肯定，目前在裁縫店拜師學藝。接下了優奈的委託，替她製作熊緩和熊急的布偶。

寶

孤兒院院長。在孤兒院失去津貼而陷入窮困的時候，仍然無怨無悔地為孩子付出。

莉滋

孤兒院的老師。跟身為院長的寶一起認真養育孩子們。

泰摩卡

克里莫尼亞城的裁縫師傅。將雪莉收為學徒。

娜爾

泰摩卡的妻子。在丈夫的裁縫店幫忙接待客人。

莫琳

過去是王都的麵包師傅。麵包店遇上糾紛時受到優奈的幫助，此後負責在「熊熊的休憩小店」做麵包。

卡琳

莫琳的女兒。和母親一起在「熊熊的休憩小店」工作。做麵包的手藝很好，甚至不輸母親。

涅琳

莫琳的親戚。前往王都拜訪莫琳的時候遇見優奈，後來在莫琳的店裡負責製作蛋糕。

安絲

密利拉鎮的旅館女兒。料理的手藝被優奈發掘，於是離開父親身邊，前往克里莫尼亞的「熊熊食堂」掌廚。

妮芙

原本為了在安絲的店裡工作而從密利拉鎮來到克里莫尼亞城，卻轉而到孤兒院任職。

賽諾

來到安絲的店裡工作的最年輕女性。

弗爾妮

來到安絲的店裡工作的女性，感覺就像安絲和賽諾的姊姊。

貝朵

來到安絲的店裡工作的女性，給人認真的印象。

露麗娜

曾與戴波拉尼組隊的女性冒險者。與優奈關係友好，曾到她的店裡擔任護衛。

基爾

戴波拉尼的隊伍中的沉默冒險者。後來退出戴波拉尼的隊伍，經常與露麗娜一起行動。

王都

艾蕾羅拉・佛許羅賽

諾雅與希雅的母親，三十五歲。平常在國王陛下身邊工作，居住在王都。人面很廣，經常在各方面幫助優奈。

希雅・佛許羅賽

諾雅的姊姊，十五歲。是個綁著雙馬尾的好勝女孩，就讀王都的學校。優奈護衛諾雅前往王都的時候認識了她。

芙羅拉公主

艾爾法尼卡王國的公主。稱呼優奈為「熊熊」，非常仰慕她。很受優奈的疼愛，曾收到繪本和布偶作為禮物。

福爾歐特王

艾爾法尼卡王國的國王。曾遭遇國家級的陰謀，卻被優奈化解。個性不拘小節，甚至會親自前往熊熊屋委託優奈做布丁。

錫林

米莎娜・法蓮格侖

暱稱米莎。前去參加國王誕辰的途中遭到魔物襲擊，被優奈所救。曾邀請優奈等人參加自己的十歲生日派對。

葛蘭・法蓮格侖

米莎的祖父。錫林城的領主。前往王都的途中遭到魔物襲擊，被優奈所救。

瑪麗娜

曾護衛葛蘭的女性冒險者。在錫林城與優奈重逢，一起清除巨型鼴鼠。

艾兒

瑪麗娜的隊伍中的巨乳魔法師。雖然在錫林城與優奈重逢，卻被她忘了名字。

密利拉

達蒙

優奈初次前往海邊時，在路上救助的密利拉鎮漁夫。

尤拉

達蒙的妻子。是個懂得馭夫的可靠太太。

351 熊熊向國王報告

將讓給國王的克拉肯魔石送到迪賽特城的委託已經順利達成了。

然後，完成任務的我向卡麗娜道別，使用我在迪賽特城購買的房子裡設置的熊熊傳送門，回到王都的熊熊屋。

雖然去程很辛苦，但多虧有設置熊熊傳送門，回程非常輕鬆。我對付巨大毒蠍的時候也有用到，熊熊傳送門真的很方便。

不過，回來是回來了，但如果立刻去報告，不知道熊熊傳送門的國王便會對我這麼快就回來的事情起疑，因此我決定再調整一下時間，免得造成麻煩。

於是，我預計明天再去城堡，久違地打掃王都的熊熊屋。我不常打掃這裡，所以累積了不少灰塵。

我請熊緩和熊急幫忙，一起曬棉被、打掃房間、洗床單，忙了一整天後，晚上再跟牠們一起睡覺。

到了隔天，睡到過了中午的我在下午三點的點心時間前往城堡。

打發時間到現在，應該就不會引起懷疑了吧。

話說回來，我好久沒有睡得這麼飽了。

我拜託熊緩和熊急不要叫醒我，一不小心就睡到過了中午。

因為在迪賽特城發生了很多事，可能是累積了不少精神上的疲勞吧。

我穿著一如往常的熊熊裝走向城堡，突然聽見後方有奔跑的腳步聲傳來。

怎麼回事？

我往後回頭，一個美少女叫著「優奈！」抱住了我。

「堤莉亞？」

抱住我的人是穿著制服的堤莉亞。

「優奈，妳怎麼會在這裡？該不會是正要去城堡吧？」

「是啊，妳剛放學嗎？」

畢竟她穿著學生服，想也知道。

「對呀，所以我正要回城堡，剛好看見前面有個特殊的背影，就這麼跑過來了。」

即使她用這麼可愛的笑容回答，我也不知該作何反應。

「堤莉亞，妳都是用走的回家嗎？」

「是呀。」

「妳明明是公主殿下，沒有馬車或護衛接送嗎？」

「我上學時是搭馬車，不過放學時會跟朋友一起回家，所以是用走的。」

我還以為她總是有護衛緊跟在身邊，但似乎不是那樣。校慶的時候，她身邊也沒有護衛，我很意外她連馬車都不搭。公主殿下一個人走在外面沒關係嗎？

我想起堤莉亞那個身為國王的父親，他也曾經獨自拜訪熊熊屋。在意這些也沒有意義，於是我決定把他們當作一群自由自在的王室成員。

「那麼優奈，妳要去找芙蘿拉嗎？」

我搖搖頭。去找芙蘿拉公主比較輕鬆，但今天我有別的事。

「我完成了國王陛下交代的工作，今天是要去報告的。」

「父親大人委託妳工作嗎？」

「我畢竟是冒險者，只要不是奇怪的工作就會接。」

我在心裡補充「而且我很閒的話」。

我和堤莉亞一邊閒聊一邊走向城堡，終於抵達城門前。

「堤莉亞大人，歡迎您回來。」

大門的衛兵前來迎接我們。

「我回來了。」

「還有優奈閣下也和您一起嗎？」

「我在路上碰巧遇到她。」

士兵也很習慣接待我了，幾乎不會表現出驚訝的樣子。

但偶爾遇到不同的人時，對方還是會驚訝。守門的衛兵大多都知道我這號人物。

「我可以進去嗎？我今天想見國王陛下。」

「好的，沒有問題。國王陛下曾交代我們，優奈閣下一到訪就要幫忙帶路。」

看來士兵都已經接到消息了。

「那麼，我來帶她去找父親大人吧。優奈，請跟我來。」

堤莉亞婉拒試圖替我帶路的衛兵，拉著我的熊熊玩偶手套往前走。士兵什麼都沒有說，默默地目送我們離開。

我們快步走著，這時有個熟悉的人物來了。

「哎呀，這不是優奈和堤莉亞大人嗎？」

向我們搭話的是不知道在做什麼工作的謎樣人物——艾蕾羅拉小姐。

「艾蕾羅拉小姐，妳又在偷懶了嗎？」

「怎麼連優奈都說些像國王陛下會說的話嘛。我只是出來散散步，放鬆心情啦。對了，優奈

怎麼會跟堤莉亞大人在一起？」

「優奈說她要去父親大人那裡，我正在替她帶路。」

堤莉亞代替我這麼說明。

艾蕾羅拉小姐稍微思考了一下，然後說道：「既然這樣，我也一起去吧。」

我已經不會再吐槽「妳不用工作嗎？」了。這種事根本是家常便飯。

「我不是去玩的喔。因為只是要報告工作的事，我不會拿食物出來的。」

我可不想被誤會，於是醜話先說在前頭。

「聽到這番話，我好像知道妳是怎麼看我的了。」

難道不是嗎？我平常去找芙蘿拉大人的時候，妳總是能嗅到好處，每次都會跑來吃東西吧？

「好了，優奈，我們走吧。」

我被堤莉亞和艾蕾羅拉小姐挽住左右手，就像個犯人一樣被她們帶走。

於是，我們來到我曾經造訪幾次的辦公室。

「父親大人，打擾了。」

堤莉亞不等裡頭的人回應就打開門，我們三個人走進辦公室。

「堤莉亞？我還在工作……優奈？連艾蕾羅拉也在？」

原本正在閱讀文件的國王看到堤莉亞，然後注意到站在一旁的我和艾蕾羅拉小姐。

「優奈，妳已經回來啦。」

「剛剛才到。」

其實是騙人的。

「那麼，為什麼堤莉亞和艾蕾羅拉會跟妳在一起？」

「我在放學的路上看到優奈搖著可愛的尾巴，聽她說要去找父親大人，我就帶她過來了。」

我才沒有搖尾巴呢，只是正常走在路上而已。

「我是在散步的時候看到可愛的熊熊，所以就跟過來了。」

艾蕾羅拉小姐學堤莉亞，用可愛的語調解釋。

「妳給我好好工作。」

國王很傻眼地這麼說。艾蕾羅拉小姐卻若無其事地回答：「我有工作呀。」

剛剛在散步的人竟然好意思說自己有在工作。我也跟國王一樣傻眼。

「好吧，謝謝妳們帶優奈過來。妳們兩個可以退下了。」

國王一臉嫌麻煩地揮揮手，試圖把艾蕾羅拉小姐和堤莉亞趕出辦公室。

「什麼？跟她兩個人獨處，你想做什麼？優奈還是小孩子耶。」

艾蕾羅拉小姐站到我面前護著我。

「父親大人！」

「我、們、要、談、工、作、的、事。」

「開玩笑的啦。你也不用這麼激動吧。」

「還不是因為妳說些蠢話。這樣會教壞我女兒，不要再亂講話了。」

我覺得已經太遲了，她應該已經被教壞了吧。就是因為平常有人在堤莉亞面前說這種話，堤莉亞的發言才會變成那個樣子吧。

我覺得比起那位個性溫和的王妃殿下，一定是艾蕾羅拉小姐造成的影響比較大。

無論如何，我可沒空陪他們演這齣鬧劇。

「我只想快點報告，快點回家。」

「如果她們聽到也沒關係，妳就快報告吧。不行的話就把她們趕出去。」

國王似乎要把她們兩個人的處置交由我決定。

我看著她們倆。她們都用笑容回應我，看來不會那麼輕易就離開。

反正不是什麼需要隱瞞的事，我也懶得趕她們走，於是決定快點向國王報告後回家。

「我把東西確實送到了。」

「那麼，問題能解決嗎？」

嗯，國王果然會這麼問。

「這個嘛，雖然發生了很多事，但水魔石解決了缺水的問題，已經不必擔心了。」

「這樣啊。」

國王對我的一番話感到安心。迪賽特是位於國境地帶的重要城市。就連我也知道，萬一那座城市消失，與鄰國之間的交流便會受阻。

「另外，巴利瑪先生託我轉交委託達成書和寫著這次事件的信給你。」

我用熊熊玩偶手套咬著巴利瑪先生的信，交給國王。國王以有些疑惑的表情接過熊熊玩偶手套咬著的信，開始閱讀。接著，他的表情漸漸改變。

讀完信之後，國王用手按著額頭嘆氣，然後看著我。

「考慮到意料之外的情形，我才會派妳過去，卻沒想到事情是這個樣子。」

「我記得你是請優奈帶著水魔石去迪賽特城吧。」

「原來優奈去了一趟迪賽特呀。父親大人，優奈做了什麼事嗎？」

「迪賽特的人遇到麻煩，我只是幫了一點忙而已。」

「這樣算是只幫一點忙嗎？」

國王拿著信，傻眼地這麼說道。

「上面寫了什麼？」

艾蕾羅拉小姐這麼一問，國王便不發一語地將信遞給她。

艾蕾羅拉小姐接過那封信，讀了起來。

「也請給我看吧。」

堤莉亞也移動到艾蕾羅拉小姐旁邊，瞄著信的內容。

「你要給她們看嗎？」

「我剛才說過了吧，如果被她們聽到也沒關係就直接報告。」

國王的確是說過。

看來責任在我身上。

「優奈，這上面寫的事情是真的嗎？」

看過信的艾蕾羅拉小姐這麼問我。

「狩獵成群的沙漠蠕蟲……還有巨大沙漠蠕蟲。」

「再加上探索金字塔地下，以及狩獵巨大毒蠍……」

狩獵沙漠蠕蟲的時候，我只有把牠們從沙地裡挖出來而已。至於巨大沙漠蠕蟲，我覺得對付一萬隻魔物的時候出現的巨大蠕蟲還比較嚇人。

而且，因為我曾經狩獵過黑蝰蛇和巨大蠕蟲，很清楚該怎麼對付大型魔物，才能輕鬆打倒對手。

「不過，為什麼有必要探索金字塔地下？上面沒有寫理由呢。」

信上似乎沒寫到水晶板的事。既然如此，我也不能說出去。

「因為發生了很多事，更換水魔石之前必須先去那裡。」

我沒有說謊，只是隱瞞了一部分的事實。

「後來，我想辦法打倒巨大毒蠍，也順利更換魔石了。」

「看來我得好好答謝妳了。」

「把東西送過去就是我的工作。在當地做的事全都是我自作主張。」

「或許是那樣沒錯，但為了應付突發狀況而派妳去的人是我。」

果然如此。

如果只是送貨，不一定要拜託我。

「若什麼事都沒發生，那就沒問題。不過，萬一發生了什麼嚴重的問題，有可能為時已晚。畢竟我也無法以國家的名義派騎士或魔法師過去。」

我已經從巴利瑪先生那裡聽說這部分的理由了。

因為與鄰國之間的關係，艾爾法尼卡王國不能派出騎士或魔法師。再來就只剩冒險者能依靠了，但這樣的委託內容也只能委託高階冒險者。

想到這裡，我便知道為什麼國王認為我最適任了。

「這次的事情真的很感謝妳。」

然後，國王說要支付委託金，於是我把公會卡交給他。國王把公會卡放到桌上的水晶板上，操作後還給我。

「我多付了一些委託金。」

「謝謝你。」

我不知道有多少，總之先道謝。

「想到能賣人情給迪賽特城，這點小錢沒什麼。」

嗯～我有種被用來當作外交籌碼的感覺，然而這次實在無可奈何。國王委託我的工作終究

只是送貨。即使國王在信裡有提到我的事，在巴利瑪先生的請求之下接受委託的人依舊是我自己。

我無法拒絕，也很慶幸自己沒有拒絕。所以關於這次的事，我對國王並沒有怨言。倘若我拒絕，之後又聽說有悲慘的事發生，我一定會很後悔。

不過，就算拿到更多錢，我也沒有機會使用。我不打算花天酒地，也不想要寶石之類的昂貴物品。

縱使要買防具，這個世界上應該也沒有比熊熊裝備更強的東西。

啊，可是我在對付毒蠍時費了一番工夫，或許應該買把劍吧？

352 熊熊展示巨大毒蠍

「對了，我想確認一下。妳可以讓我看看那隻巨大毒蠍嗎？」

國王果然這麼要求了。

「雖然巴利瑪認可了，然而他並非我國的領主。我必須親眼確認。」

「是呀，我也很想看看呢。」

「我也想看。」

連艾蕾羅拉小姐和堤莉亞都贊成國王說的話，看來這個辦公室裡沒有我的同伴。

我好像一開始就作了錯誤的選擇。既然想要早點回家，我便應該請艾蕾羅拉小姐和堤莉亞離開辦公室的。

不過，就算他們要看，我也沒辦法輕易拿出來。我不能在這麼顯眼的城堡裡拿出大型的魔物。

「我不想被其他人看見，不然會引起騷動的。」

我試著婉拒。

城堡裡有許多人正在工作。要是被別人看見，事情便會立刻傳開。即使不這麼做，我的事情

也早就已經傳開了。主要是因為這身熊裝扮。

「既然如此，後面的中庭應該很適合吧。那邊不會有人來，空間也夠大。」

「的確，那裡只有獲得許可的人可以進入。」

「城堡還有那種地方嗎？」

「是啊，簡而言之就是我們王室成員居住的地方。中午已經打掃完畢，這個時段應該不會有人在。」

「那裡就是芙蘿拉大人房間附近的中庭。優奈應該也看過吧？」

我平常都是直接前往芙蘿拉大人的房間，所以沒有什麼印象。

然後，明明還沒有獲得我的同意，所有人都從位子上站了起來。我被艾蕾羅拉小姐和提莉亞夾在中間，帶到辦公室外。

我放棄抵抗。

我們在走廊上前進。這條路確實是通往芙蘿拉大人的房間。我們在途中轉進和芙蘿拉大人的房間不同方向的走廊。我沒有走過這條路。我們沿路前進，來到一個看似中庭的地方。

「這裡應該可以吧。」

這裡的空間確實很充足。

「只能看一下下喔，我可不想被別人看見。」

「無所謂，我只是要確認而已。」

我從熊熊箱裡拿出巨大毒蠍。

「妳又打倒不得了的東西了呢。」

「真厲害。」

「優奈一個人把這隻魔物……」

三人在毒蠍周圍繞了一圈，嘴上說著「好厲害」、「好大」、「好硬」之類的話。

「有一部分的甲殼不見了，為什麼？」

「我讓給當時一起工作的冒險者了，因為他們說想拿來做防具。」

現在這個時候，傑德先生和烏拉岡等人應該已經抵達王都，正在訂做防具了吧。

不，以天數來看，他們或許還沒有抵達王都。

「對了，妳打算怎麼處置這隻毒蠍？」

「我沒什麼打算，頂多就是缺錢的時候再拿去賣掉吧。」

我不需要防具，剩下的用途也只有賣掉了。

「如果妳打算賣掉，我可以買下來。」

對了，克拉肯的素材好像也是國王買下來的。

我聽說克里夫覺得在克里莫尼亞或是透過自己的人脈販售，我的事情就會曝光，導致密利拉的傳聞被證實，因此才請國王買下。

所以，聽說克拉肯的素材到現在仍躺在城堡的某個角落。克里夫說城堡會找機會售出。他也曾說過，只要狩獵的傳聞和素材出現在市面上的時間點錯開，我打倒魔物的傳聞應該也會被當成單純的謠言。

實際上，傑德先生也知道克拉肯的事，卻不認為我打倒克拉肯的傳聞是事實。

關於這方面的事，我很感謝克里夫。

所以，如果我缺錢，賣給國王說不定是一個正確的選擇。

「到時候就拜託你了。那麼，我要收起來了。」

我這麼說，然後把毒蠍收進熊熊箱。

這個瞬間，有人呼喚了我。

「熊熊！」

我望向聲音的來源，發現是芙蘿拉大人和安裘小姐。

「芙、芙蘿拉大人，危險！」

安裘小姐慌慌張張地阻止芙蘿拉大人。

「剛才在那裡的魔物呢？」

安裘小姐的頭上冒出問號，左顧右盼。她該不會是看到毒蠍了吧？

「沒什麼，別在意。」

國王代替我蒙混過關。

「對了，為什麼芙蘿拉會在這裡？」

「那個，其實是因為屬下看到優奈小姐，於是向芙蘿拉大人提起這件事，芙蘿拉大人就跑出房間了。真的非常抱歉。」

安裘小姐向國王道歉。

看來芙蘿拉大人是特地來見我的。

不過，真虧她能猜到我在哪裡。

「熊熊……」

安裘小姐一鬆開牽著芙蘿拉大人的手，她便跑過來抱住我。

芙蘿拉大人抬起頭，臉上堆滿笑容，並沒有害怕的神情。她看到毒蠍也不害怕嗎？還是我剛好在她看到之前收起來了呢？

「芙蘿拉大人，妳不怕魔物嗎？」

「魔物？」

芙蘿拉大人用可愛的動作歪著頭。

「芙蘿拉好像沒有看到魔物呢。」

堤莉亞朝我們走過來，撫摸芙蘿拉大人的頭。

「姊姊大人？」

芙蘿拉大人好像到現在才發現堤莉亞的存在。

看來剛才芙蘿拉大人的眼裡也容不下堤莉亞。察覺這一點的堤莉亞露出難過的表情。

「比起姊姊，妳好像比較喜歡熊嘛。」

國王笑著靠近芙蘿拉大人。

「父親大人？」

連國王也一樣，直到出聲搭話才被她發現。

「她好像也沒看到父親大人呢。」

堤莉亞反擊似的說道。聽到這句話，國王露出尷尬的表情。

剛才芙蘿拉大人的眼裡似乎只有我。拜此之賜，她才沒有看到毒蠍。

我不知道該不該高興，但這也是多虧了熊熊服裝呢。

後來，我陪了芙蘿拉大人一陣子才離開城堡。

我正要回家的時候，被艾蕾羅拉小姐逮到了。

「優奈，妳要不要來我家吃晚飯？」

「我要回去了。」

因為想早點回到克里莫尼亞，我鄭重拒絕了艾蕾羅拉小姐。

「可是，妳回家也只能一個人寂寞地吃飯吧？」

「我、我還有熊緩和熊急啊。」

我召喚小熊化的熊緩和熊急，擺出抱緊牠們的動作。

而且我一個人也不會寂寞啦。請不要小看前家裡蹲，一個人吃飯根本沒什麼大不了的。

「而且，妳如果就這麼回去，希雅應該會很難過喔。妳難得來王都，就去跟她見個面嘛。」

說到這個份上，我便無法拒絕了，於是我決定去艾蕾羅拉小姐家見希雅。

「優奈小姐？妳怎麼會來王都？」

不是穿制服，而是穿便服的希雅這麼問我。

也對，普通人放學後就會換衣服，跟我這個二十四小時都穿同一件衣服的人可不同。

「我是來工作的。」

「後來她想要瞞著希雅回去，我就把她抓過來了。」

我又沒有逃走，只是很正常地想回家而已。

「工作嗎？什麼樣的工作呢？」

希雅對工作這個詞有了反應，好像頗感興趣。可是，我不能說出全部的詳情，於是只說了我送貨去迪賽特城的事。我並沒有說謊。水晶板的事必須保密，我也不想因為提到毒蠍而被要求拿出證據，因此沒有說明到這個部分。

我也有請艾蕾羅拉小姐保密，所以她不會說出去。

後來，我久違地和希雅邊吃飯邊聊天，這天晚上還在艾蕾羅拉小姐家過夜。

到頭來，我今天仍舊沒能回到克里莫尼亞。真是計畫趕不上變化。我抱著小熊化的熊緩和熊

急，進入夢鄉。

隔天，我在宅邸前目送去學校的希雅和去城堡的艾蕾羅拉小姐。

「優奈小姐，下次妳來王都的時候，請跟我聊聊諾雅的事。」

「既然這樣，我就問問關於克里夫的事好了。」

母女倆這麼拜託我。我又不是為了報告妳們的家務事才來王都的。

不過，畢竟是分隔兩地的姊妹，希雅當然想知道關於諾雅的事，所以我答應了她。

至於克里夫，聊些有的沒的八卦好像也挺有趣的。

「那麼，下次我會帶他們兩個人的趣聞來拜訪的。」

「說定了喔。」

「我很期待呢。」

母女倆對我揮揮手，各自前往學校和城堡。

終於恢復自由的我回到王都的熊熊屋，直接使用熊熊傳送門返回克里莫尼亞的熊熊屋。

353 熊熊回到克里莫尼亞

回到克里莫尼亞的熊熊屋之後，我一走進自己的房間便撲到床上。接著，我召喚出小熊化的熊緩和熊急，和牠們一起賴在床上。

就算同樣是熊熊屋，果然還是克里莫尼亞的熊熊屋最令我放鬆。或許是因為我待在這裡的時間最長，在這個房間過夜的次數最多吧。

我就像結束工作後終於能放假的老爸，進入有氣無力的耍廢狀態。工作之後至少也該讓我休息一下。真沒想到我才這個年紀就能理解世上大多數父親的心情了。

只要是有認真工作的爸爸，就算假日窩在家裡無所事事，家人也不該覺得他很礙事。

我抱著熊緩和熊急賴在床上的時候，熊熊玩偶手套發出「咿～咿～咿～咿～」的聲音。

什麼！

我嚇得從床上跳起來，這才發現是熊熊電話響了。

是誰打來的？

持有熊熊電話的人只有菲娜和露依敏兩個人。我趕緊從熊熊箱裡取出熊熊電話，對它灌注魔力。

『優奈姊姊？妳聽得見嗎？』

從熊熊電話傳出的聲音是菲娜。

「我聽得見。」

『幸好通了。』

熊熊電話傳來鬆了一口氣的聲音。

「該不會是發生什麼事了吧？」

『沒有啦，什麼事也沒發生。我只是有點事情想問優奈姊姊。那個，請問現在方便嗎？』

「沒問題。」

我只是在房間裡休息而已。

真要說的話，我現在的工作就是和熊緩與熊急一起耍廢。肌膚接觸也是很重要的。

「所以，妳想問的事情是什麼？」

我對熊熊電話說道。

『因為媽媽常常在說不知道優奈姊姊什麼時候會回來，如果妳已經確定要回克里莫尼亞的日期了，我想幫忙轉告媽媽。』

真是體貼的孩子。

「不過，提露米娜小姐竟然會說那種話，真稀奇。」

以前我就算晚點回來，她似乎也不介意。

『媽媽說她想商量一下去海邊的事。』

原來是這個理由啊。

「堤露米娜小姐該不會是生氣了吧？」

『她沒有生氣，只是有點擔心，而且沒辦法跟妳商量，所以覺得傷腦筋而已。那麼，優奈姊姊，妳什麼時候要回來呢？』

是，其實我已經回來了。

『優奈姊姊？妳是不是正在忙呢？』

「……那個……其實我在家。」

我老實回答。

『優奈姊姊，妳已經回來了嗎？』

熊熊電話傳出有點傻眼、有點驚訝、有點生氣，各種情緒混在一起的聲音。

「我是今天，剛剛才回來的。真的啦。妳問熊緩和熊急，牠們可以替我作證。」

熊緩和熊急發出「「咿～」」的叫聲，像是在替我說話。

「我只是工作得很累，終於能回到家裡，正在房間裡休息而已。我只是想跟熊緩和熊急一起放鬆一下……呃，菲娜小姐？妳有在聽嗎？」

不知道為什麼，我如此辯解。

『呃，對不起。雖然優奈姊姊工作得很累，那個，請問今天可以見面嗎？』

菲娜相信了我的說詞，真是個體貼的孩子。

「可以啊，我原本就打算下午的時候去找妳。」

其實我本來計劃今天一整天都要廢。不過既然菲娜說想見面，我便無法拒絕了。

『那麼，我等一下可以跟媽媽一起去優奈姊姊家嗎？』

「可以啊，要我過去找妳們也可以。」

『不，優奈姊姊盡量休息吧。工作完的爸爸回家的時候也總是會露出很累的表情。那麼，我現在就跟媽媽一起過去。』

結束通話後，我把熊熊電話收了起來。

原來根茲先生下班之後也會露出很累的表情啊，一如現在的我。

但我不想被當成根茲先生的同類，於是開始準備迎接菲娜和堤露米娜小姐。

打掃？點心？飲料？打掃應該不必。點心有餅乾和洋芋片，飲料有冰果汁。沒問題。

我跟熊緩和熊急一起等著，菲娜和堤露米娜小姐便來了。修莉也跟她們倆在一起。

「優奈，妳是今天回來的嗎？」

「我剛剛才回來，正在家裡休息。」

我老實回答堤露米娜小姐的問題。

「抱歉在妳累的時候來打擾。不過有我些事想跟妳討論。」

「不用在意啦。不管怎麼樣，妳們先坐吧。」

我端出準備好的點心和飲料。

菲娜和修莉抱起坐在椅子上的小熊化熊緩與熊急，放到自己的腿上。然後，她們開始享用我準備的點心。

「所以，想跟我商量的事是什麼？」

「我想差不多也該決定去海邊的日期了。米蕾奴小姐說她要安排照顧鳥兒的班表，希望我們可以早點告知日期。況且店面那邊也要提早公告休息日才行。還有……………」

說到最後，提露米娜小姐的聲音稍微變小了。

「怎麼了嗎？」

「妳聽說根茲的事了嗎？」

「我記得他也要一起去吧？」

關於這件事，我已經從菲娜口中聽說了。

「嗯，所以為了跟其他職員交換休假，他目前都會犧牲假日來工作。因為這樣，連要替他工作的人也在問他什麼時候會休假。」

為了參加家族旅行，根茲先生似乎很努力。

根茲先生自從跟提露米娜小姐結婚，夫妻倆就沒有去過其他地方。我覺得這次的旅行剛好可以當作他們的蜜月旅行。

不過，取得一段長假似乎不是一件容易的事。在原本的世界，新聞曾報導許多人都很難休到特休。況且異世界根本不可能有什麼特休，要放長假就更困難了。

「我什麼時候都可以，所以日期就由堤露米娜小姐來決定吧。」

「我記得妳打算去七天左右吧？」

「我估計花兩天在交通，五天是玩樂的時間。」

不過，這部分還可以視情況延長或縮短。住宿的地點是熊熊屋，因此這一點不需要擔心。

「我想想。既然如此，即使一回來就進貨，也沒辦法馬上開店營業，預留十天的時間或許會比較保險。」

「我沒問題。」

從密利拉回來的隔天就馬上工作，應該會很累人吧。回來之後，我還想再休息一天。

「另外，交通工具沒問題嗎？因為妳說有想法，我什麼都沒有準備。優奈，妳今天才剛回來吧？如果要準備馬車，我也可以拜託米蕾奴小姐。」

啊，我完全忘了交通工具的事。總不能用熊熊傳送門去海邊。

我是有想法。但被克里夫叫去王都之後，我又去了迪賽特城，所以還沒開始準備。

「沒、沒問題啦，我會準備的。」

「真的嗎？」

堤露米娜小姐用懷疑的眼神看著我。

我只是有點忙，不小心忘了而已。

「真的啦。」

我沒有別開目光，直視堤露米娜小姐的懷疑眼神。

「好吧，那麼馬車的事情就拜託妳了。」

這下我得快點開始準備了。

我明明才剛結束一份工作，熊也是需要休息的。

不過，這是我主動提起的事，沒資格向別人抱怨。這就是所謂的自作自受。

「還有，我聽菲娜和修莉說過了，住宿地點沒有問題吧？」

「那是很大很大的熊熊房子喔。」

修莉張開雙手這麼說。她放開了抓著熊急的手，坐在她腿上的熊急差點掉下去。不過修莉又馬上抱住了牠。

「修莉說得沒錯，住宿地點沒問題。」

我就是為此才建造大型熊熊屋的。

「我有點在意什麼是很大的熊熊，但既然有地方住就好。另外，食材也可以在當地買到吧？」

「可以是可以，不過如果妳不放心就帶一些過去吧。」

有什麼萬一的話，我的熊熊箱裡還有肉、蔬菜和麵粉等食材。只要天氣沒有太差，也能在當地取得新鮮漁獲。

「既然這樣，那就把店裡剩下的食材帶去好了。」

把食材丟掉的確很可惜，那麼做還不如帶去使用。

因此我也答應了。

「那麼，我們來決定出發日吧。」

堤露米娜小姐好像已經整理好店面的狀況和出貨方的時程，討論起來很順利。

「問題在於出發時間，日出的時間應該可以吧。」

「那麼早就出發嗎？」

「早點到的話，就可以趕上隧道的通行時間了。」

據堤露米娜小姐所說，隧道好像是每天輪流的單向通行制。所以若是選錯時機，當天便無法通行。因此，如果沒有看準時間出發，就會在隧道前浪費一天的時間。

於是，我和堤露米娜小姐確認隧道可以通行的期間，決定了出發日。

「那麼，出發日就訂在十天後，我會先告知米蕾奴小姐。對了，我有件事想拜託妳。」

堤露米娜小姐有點難以啟齒地說道。

「什麼事？」

「領主的千金──諾雅兒大人也會一起去吧？」

堤露米娜小姐露出有點不安的表情。

「她是個好孩子，不用擔心啦。」

「嗯，這個我知道。畢竟我也見過她幾次。」

「既然這樣，還有什麼問題嗎？」

「那個，聯絡諾雅兒大人的事情可以交給妳嗎？我是可以跟菲娜一起和她交談，可是……去宅邸就有點……」

原來如此，她不想見到身為領主的克里夫啊。

也對，從普通人的角度來看，克里夫是領主兼貴族，地位高高在上。平民應該都不會想去領主的宅邸吧。

「可以啊，我會通知諾雅的。」

「謝謝妳。」

後來，堤露米娜小姐一個人決定今後的事務，包括製作告知店休的傳單。

我擅自決定要舉辦員工旅行，似乎給堤露米娜小姐添麻煩了。

不過，她看起來也很樂在其中，應該沒問題吧？

「堤露米娜小姐，平常真的很謝謝妳。」

「什麼，怎麼突然道謝呀？」

「沒有啦，我只是覺得自己總是受妳照顧。」

我這麼坦白說道，堤露米娜小姐便擺出認真的表情。

「妳在說什麼呀？我們全家人才總是受妳照顧呢。我們能過著幸福的生活，全都是多虧了

妳。」

堤露米娜小姐最後對我微微一笑。看她的表情，我就知道她並沒有說謊。

我真的很慶幸自己來到這個世界遇見的第一個人是菲娜。

354 熊熊製作熊熊馬車

堤露米娜小姐向我確認前往密利拉的交通工具準備得如何之後，我帶著菲娜和修莉來到城外。

「優奈姊姊，我們要去哪裡？」

騎著熊緩的菲娜這麼問道。

「我不想被別人看到，因此只是要去稍微遠一點的地方。」

就像我對菲娜說明的，我們來到稍微遠離城市的地方。這裡距離幹道有點遠，也有樹木，應該不會被看見。

我從熊急背上爬下來，菲娜和修莉也從熊緩背上爬下來。

孤兒院的孩子總共有二十七個人。還要再加上院長、莉滋小姐，以及堤露米娜小姐、菲娜、修莉、根茲先生，到這裡是三十三個人。另外還有莫琳小姐、卡琳小姐、涅琳，以及來自密利拉的五個人與諾雅，總共是四十二個人。雖然人數有點多，但幾乎都是小孩子，所以只要考量可坐的空間，調整椅子的排列應該就沒問題了。

「優奈姊姊，魔法真的能做出交通工具嗎？」

「可以啊。只不過我不知道坐起來感覺如何，才會請妳們兩個過來。」

因為我穿著熊熊裝備，就算坐起來有點不舒服也沒有感覺。這時候便需要菲娜和修莉來當實驗品……不對，是請她們來確認乘坐的舒適度。

首先，我使用土魔法做出供人乘坐的車廂部分。車身很寬，足足有馬車的兩倍大。這麼一來，應該坐得下四十個人左右。

「好大。」

「優奈姊姊，這樣不會太大嗎？」

「可是沒有馬耶。要請熊緩和熊急來拉嗎？」

修莉說出嚇人的話。聽到這句話，熊緩和熊急都用悲傷的眼神望著我。牠們好像很不想拉。

「我沒有要請熊緩和熊急來拉啦。」

熊緩和熊急一聽便發出高興的叫聲。

接著，我做出第一次去王都時做過的大型熊熊土偶。

「是熊熊耶～」

「優奈姊姊，這種熊熊是那個時候的……」

菲娜似乎還記得。當時我曾經用這種熊拉動關著盜賊的籠子。

無論如何，我暫且把大型車廂裝到熊的身上。

「優奈姊姊，這樣不會太大嗎？」

「嗯～果然太大了嗎？」

我望向修莉，她正要爬到車廂裡。

「優奈姊姊，這個可以動嗎？」

「那我就稍微讓它動一下吧。」

「好耶～」

修莉開心地高舉雙手。

菲娜一臉不安地坐進車廂。我跳到車上。緊接著，熊緩和熊急也跳了上來。我確認所有人都上車後，對熊灌注魔力，命令它走動。熊開始慢慢邁出步伐。

「哇啊，動了耶。」

這個嘛，當然會動了。

喀噠喀噠，喀噠喀噠。

我試著稍微加速。

喀噠喀噠喀噠喀噠。

「好晃喔。」

不是在鋪設好的路面行駛也是原因之一。我使用探測技能確認幹道沒有人，命令熊移動到路上。

「優奈姊姊，這樣真的不會太大嗎？」

車身占據了大部分的路寬。是不是應該把車廂做得窄一點呢？

隧道似乎是單向通行，不會迎面遇到其他馬車，稍微大一點也沒關係。然而占據整條路的馬車還是不行。

我請姊妹倆下車，然後消除馬車。

「不見了耶。」

修莉露出捨不得的表情。

「因為這輛車有點失敗嘛。」

接著，我做出第二方案的交通工具。

那個地方像這樣，這個地方像這樣，然後這裡是這樣。

我以某部知名動畫的貓巴士為藍本，做出一輛熊巴士。臉部是熊，也有腳、耳朵和尾巴。熊熊效果可以讓它更堅固，可說是一石二鳥。

雖然移動距離短，冒險者也會打倒附近的魔物，但考量到孩子們的安全，謹慎一點總是比較好。

「是長長的熊熊耶～」

修莉高興地靠近熊巴士。

考量到人數，車廂就變得這麼長了。我決定晚點再考慮椅子的排列方式，先確認乘坐的舒適度。

「優奈姊姊，我可以上去嗎？」

「可以啊。」

我就是為此才請她們來的。

修莉搭上熊巴士，菲娜也跟在她後頭。熊緩本來也想上車，但入口太窄，牠進不去。我把熊緩和熊急變成小熊。變小的熊緩和熊急搭上熊巴士，我則是最後上車。

我走到最前端的駕駛座。但修莉已經坐在駕駛座上了。

「修莉，妳先下來。」

我請修莉離開座位，然後坐上駕駛座。駕駛座不像真正的巴士一樣是偏向某一邊，而是位於正中央，這一點就跟普通馬車一樣。真要說的話我才十五歲，根本沒有開過車，因此比起偏向旁邊的駕駛座，我覺得坐在正中央比較好駕駛。如果是馬車，我也坐過。

我坐在駕駛座，修莉和菲娜則坐在我的左右兩旁。我握起方向盤。

「優奈姊姊，那是什麼？」

菲娜看著我握的方向盤，這麼問道。

「這是韁繩。」

「這就是韁繩嗎？」

就算說是方向盤，她們應該也不懂，所以我這麼說明。

我灌注魔力，驅動熊腳。咚！咚！每走一步，車身就會跟著搖晃。我試著讓它奔跑看看。

咚咚咚咚咚咚咚咚咚咚咚咚……

搖晃的速度更快了。

「優、優奈、姊、姊姊、我、我的、屁股、好、好痛、喔！」

我有熊熊布偶裝，因此沒事，姊妹倆卻好像很痛。而且由於車身很晃，連正常講話都沒辦法。熊緩和熊急也是用四隻腳走路，但果然不太一樣。看來熊緩和熊急真的很特別。

順帶一提，熊巴士因為很長，腳的數量是兩倍，也就是八隻。

我稍微加快速度，試著跳躍。

「優奈姊姊！」

「優奈姊姊！」

菲娜和修莉大叫，緊緊抓住我。

雖然漂亮地著地，菲娜和修莉的身體卻稍微彈了起來。

「嗚嗚嗚，好痛喔。」

「我的屁股好痛。」

兩人揉揉自己的屁股。

「抱歉，我只是想試試看。」

看來這輛車沒辦法像某動畫的貓巴士一樣翻山越嶺，或是盡情跳躍。要是那麼做，裡頭的乘客就麻煩大了。看來還是應該做成車輪而不是腳。

倘若只有我一個人倒沒問題。然而與其坐這種車，騎乘熊緩或熊急絕對比較好。

這是充滿夢想的交通工具，可惜派不上用場。

我乖乖地把熊巴士的腳改成車輪。魔法真是方便。

最後完成的是類似娃娃車的造型巴士。感覺就像有人臉的藍色蒸汽火車型巴士，或是長得像那隻黃色老鼠的巴士。

「這次就沒問題了，快上車吧。」

姊妹倆用懷疑的眼神看著我。

「它不會跳吧？」

「不會啦。妳看，這次不是腳，而是像馬車一樣的車輪吧。」

兩人看了看車輪，終於搭上熊巴士。

坐上駕駛座的我握住方向盤，然後灌注魔力。熊巴士開始緩緩前進。一開上鋪設好的幹道，熊巴士便舒適地行駛著。

灌注愈多魔力，車輪就轉得愈快，漸漸加速。

可是，路上並沒有鋪著水泥，加快速度會感覺到更強烈的震動。

「妳們兩個還好吧？」

「比剛才好。可是……」

菲娜開始在意自己的屁股。

「我比較喜歡熊緩和熊急。」

聽到修莉這麼說，熊緩和熊急高興地叫了。

我也一樣。

這輛熊巴士必須靠我來操控。如果是騎熊緩或熊急，就算躺著睡覺也能抵達目的地。

相較之下，搭乘熊巴士不能睡覺，舒適度也完全比不上熊緩和熊急。但它跑得比馬車快，比較不會搖晃，在安全方面也很確實。最重要的是，它非常適合載著多數人一起移動。

經過各種嘗試，交通工具就決定是裝著車輪的熊巴士了。

為了確定所有人都有位子坐，我請菲娜和修莉試坐椅子，決定座位的間隔。

回到城裡之後，我買了類似坐墊或抱枕的東西來處理屁股痛的問題。

如此一來，熊巴士便完成了。

355 熊熊前往冒險者公會

做好熊巴士的隔天，我前往冒險者公會。

昨天做熊巴士的時候考量到旅行成員的事，我便覺得有必要僱用護衛。

要去旅行的成員幾乎都是小孩或女性，成年男性只有根茲先生。而且根茲先生要跟堤露米娜小姐和菲娜與修莉在一起，總不能要他也照顧孤兒院的孩子和老師們。

況且成員之中還包括安絲、涅琳、卡琳小姐、莉滋小姐等年輕女性，要是有奇怪的男人靠近就糟糕了。既然員工的父母把重要的孩子交給我照顧，那麼就不只要保護兒童，女性們也同樣需要護衛。

人數很多，再加上還有可能分頭行動，我也無法二十四小時都盯著大家。

想到這裡，我便覺得有必要聘請護衛。

於是，我想到了基爾這個人。

基爾的體格很壯碩，長相也有點恐怖。

只要有基爾待在小朋友和女性的身邊，奇怪的男人應該就不敢靠過來了。而且孩子們都認識基爾，他也經常到店裡光顧，卡琳小姐等人都認識他，所以不會怕他。

可以的話，我希望露麗娜小姐也能一起來。有些年紀小的女孩子會怕基爾，因此我打算請露麗娜小姐來照顧這些女孩子。

露麗娜小姐畢竟是冒險者，應該能保護女孩子。

我走進冒險者公會，環顧四周。有幾組冒險者坐在椅子上閒聊，但附近沒有基爾和露麗娜小姐的身影。

基爾的身材很高大，所以很顯眼，一看就知道他在不在。

他們正在工作嗎？

我避開了人多的時段，剩下的冒險者似乎也打算休假，看起來都很閒。

基本上，冒險者公會最忙的時段是冒險者前來承接委託的早晨和達成委託的傍晚。

剩下的冒險者會蒐集情報，或是等待新的委託出現。

「優奈小姐，請問有什麼事嗎？」

我正在左顧右盼的時候，坐在櫃檯的海倫小姐向我搭話了。

這樣正好，我決定問問關於兩人的事。

「我想找露麗娜小姐和基爾。」

「露麗娜小姐和基爾先生是嗎？我記得他們稍微出遠門了。」

「是嗎？」

既然這樣，是不是不能跟他們一起去海邊了呢？

「請問您找他們兩位有事嗎？」

「我有件事想拜託他們。」

「那麼等他們回來了，需要我代為轉達嗎？」

如果不知道他們什麼時候會回來，好像還是拜託一下比較好。

「嗯～那麼，可以麻煩妳嗎？」

我告訴海倫小姐，我要跟孤兒院的孩子們一起去密利拉鎮，因此想請露麗娜小姐和基爾擔任孩子們的護衛。

「這麼一說我才想起來，您要帶孤兒院的孩子們去密利拉鎮呢。」

「在店裡工作的人也要一起去。可是，妳怎麼會知道？」

是透過店裡的公告得知的嗎？

我記得提露米娜小姐說過會馬上張貼公告。

「根茲先生為了請假去密利拉鎮，連假日都在工作，所以公會職員全部都知道。」

原來如此，是透過根茲先生得知的啊。

「根茲先生的身體還好嗎？」

如果他很累，我得送一點能消除疲勞的神聖樹茶給他。難得能出外旅行，要是他在那之前累倒就糟糕了。

「我想他應該還好。或許是很高興能全家一起出遊，他每天都工作得很快樂呢。」

既然這樣，應該沒問題。

「話說回來，真令人羨慕呢。我也好想去海邊玩喔。」

「那海倫小姐，妳要不要也一起去？」

我邀請海倫小姐，後面便有「喀答」的聲音傳來，我一回頭就看到一群刻意別開視線的男性冒險者，甚至有冒險者假裝若無其事地吹著口哨。

縱使是遲鈍的我也看得出來，這群冒險者似乎對海倫小姐有好感。畢竟海倫小姐是個美女嘛。不過，海倫小姐好像不以為意。

「我很歡迎海倫小姐。」

就算多了海倫小姐一個人也沒問題。

「呵呵，謝謝您，不過我心領了。這次就請您跟孩子們一起去盡情地玩吧。」

真是可惜。海倫小姐常常照顧我，我才想找機會答謝她。

我拜託海倫小姐向露麗娜小姐和基爾傳話，然後離開冒險者公會。

接下來要去的地方是「熊熊的休憩小店」。我今天不是當客人，而是去看看情況，因此要從後門進去。廚房裡有莫琳小姐和孩子們正在工作的身影。因為已經過了午餐時間，氣氛沒有很忙碌。

我一走進廚房，孩子們便發現我，朝我跑過來。

「優奈姊姊！」

「優奈姊姊，我們真的要去海邊嗎？」

「嗯，真的。」

我這麼一說，廚房裡的孩子們便開始歡呼。大家都高興地笑著說「太棒了」、「果然是真的」之類的話。

看著孩子們的笑容，我也感到高興。

「優奈，我也可以去嗎？」

正在做蛋糕的涅琳這麼問我。

「嗯，因為大家都要去啊。」

「我在這裡只工作了幾個月，這樣也可以參加旅行嗎？」

自己和其他人不同，在店裡工作的天數很少的事似乎讓她很介意。

「涅琳，妳的貢獻也不少啊。妳不是下了很多工夫，做出各種新的蛋糕嗎？」

「那是因為妳有教我蛋糕的基本做法。光靠我一個人，根本就做不出蛋糕。」

「總之妳不必放在心上啦。大家平常工作這麼辛苦，這是我對大家的謝意。」

「真的可以嗎？」

涅琳似乎對免費旅行感到過意不去。

我們正熱烈地聊著旅行的話題時，身為店長的莫琳小姐來了。

「好了，我知道你們很高興優奈來，但也要專心工作喔。涅琳，怎麼可以連妳都跟孩子們一起聊天呢？」

「莫琳姑姑，對不起。」

孩子們和涅琳回到工作崗位上。

「莫琳小姐，抱歉打擾你們工作了。」

我也一起道歉。

「我沒有生氣啦。大家都很期待去海邊，可是工作時要用到刀和火，不專心是很危險的。」

的確，廚房裡有很多危險的東西，稍有不慎就會受傷，所以莫琳小姐說得很對。

「對了，優奈，我聽堤露米娜小姐說過了，真的要放十天的假嗎？休假那麼久的話，營業額會……」

莫琳小姐也跟堤露米娜小姐擔心一樣的事。

前往密利拉的期間是七天，但我和堤露米娜小姐討論之後，決定將這段期間的前後也訂為店休日。這是為了準備出發，還有在回來之後消除玩樂的疲勞。

「沒關係啦，我不會扣大家的薪水的。」

「我不是在擔心那種事……」

那是在擔心什麼呢？

「不開門營業就賺不到錢。況且休假期間我們還可以領到薪水，我真搞不懂妳在想什麼。」

正常來講，或許是這樣沒錯吧。

在原本的世界，這就是所謂的特休。

不過，十五歲的我也沒放過特休就是了。我只知道特休是一種就算不工作也可以領到薪水的制度。

「而且，我們真的可以不開店，出去玩那麼多天嗎？」

「這是為了感謝大家平常都很努力工作。」

「光是有工作可做，我就很感謝妳了。」

「另外，這也是為了避免莫琳小姐被挖角。如果有人想挖角妳，一定要告訴我喔。我會提出比對方更好的條件。」

「呵呵，沒有其他地方比這裡更好了。」

莫琳小姐笑著說。

因為莫琳小姐是全年無休的師傅，才會對長期休假感到不安吧。

可是，我個人認為就算有暑假也沒問題。

雖然我以前每天都像過星期日一樣，總是窩在家裡玩遊戲或看漫畫，也許沒資格這麼說，但人是需要休息的。而這次我從迪賽特城回來以後就不停地四處奔波，所以能深深體會這個道理。

人是需要休息的。

要不是有熊熊裝備，我有自信能累倒好幾天。

我自己就是最想休假的人。

不過，由於是我提議的事，我不能向別人抱怨。

正因為如此，從密利拉回來以後，我應該可以休息一下。

也讓熊喘口氣吧！

356 熊熊前往「熊熊食堂」

繼續打擾店員工作就不好了，於是我向店內的卡琳小姐與孩子們打了個招呼便離開店面。接著，我前往安絲的店「熊熊食堂」。「熊熊食堂」位在「熊熊的休憩小店」附近，很快就到了。

我抵達時已經過了中午，店裡和「熊熊的休憩小店」不同，沒有客人在。「熊熊的休憩小店」也有客人會來吃蛋糕等點心，所以客人總是絡繹不絕。

「優奈？」

「哎呀，真的耶。」

我一走進店裡，正在擦桌子的賽諾小姐和弗爾妮小姐便注意到我。

「優奈，妳是來吃飯的嗎？」

「不是喔，我是來找大家確認事情的。」

「確認？」

「大家現在都有空嗎？」

「等一下還要替晚餐備料，但可以稍微空出一點時間。」

我呼喚安絲和貝朵小姐，請所有人到附近的桌子集合。

「那麼，優奈小姐，請問妳有什麼事呢？」

我先看了安絲一眼，然後望著在店裡幫忙的賽諾小姐、弗爾妮小姐與貝朵小姐。

「我想確認妳們是不是真的要回密利拉。如果有人不想回密利拉，留在克里莫尼亞也沒關係。我就是來說這件事的。」

「優奈……」

明白我想說什麼的三人用認真的表情回望著我。

我不清楚詳情，但有從安絲口中聽說一點風聲。密利拉鎮被克拉肯和盜賊襲擊，鎮民無處可逃的時候，她們都失去了家人或情人、朋友。

因此，她們不想繼續待在密利拉鎮，才透過安絲詢問能不能到我的店裡工作。就算那裡是她們的故鄉，依然留有不好的回憶。況且，那只是幾個月前的事，她們或許還沒有作好心理準備。我沒有過分到明知如此還把她們帶回去。

「妳們在密利拉留下了不好的回憶吧，所以我覺得妳們可以不必勉強自己回去。」

「優奈，謝謝妳替我們擔心。」

「關於這件事，我們已經找妮芙，四個人一起討論出結果了，因此沒關係。」

弗爾妮小姐微笑著回答。

看來在孤兒院工作的妮芙小姐也跟她們一起討論過了。

「我們也要去密利拉鎮。」

賽諾小姐、弗爾妮小姐與貝朵小姐三個人望著彼此的臉，點了點頭。

「雖然發生了壞事，但那裡依舊是我們出生長大的城鎮。」

「而且那裡還有我們認識的人，我們也想讓大家看看我們有精神的樣子嘛。」

三人的表情並不像是在勉強自己的樣子，好像真的沒問題。

「妳們沒有勉強自己吧？」

三人回答「嗯」、「沒有」、「當然了」。

「妮芙還說『孩子們都要去，我當然沒有理由不去了』呢。」

「妮芙也打起精神，真是太好了。」

「她說孩子們都很有精神，照顧起來很辛苦呢。」

「不過，她也說他們都是很乖的好孩子。」

「這應該都是多虧有院長的教導吧。」

院長沒有拋棄孩子們，一直努力到現在。她真的是個非常了不起的人。

「話說回來，優奈真體貼呢。普通人可不會顧慮這麼多喔。」

「優奈拯救了密利拉鎮。」

「優奈在新的城市給我們工作。」

「優奈，謝謝妳。」

聽到她們這麼鄭重道謝，我覺得有點難為情。

為了掩飾自己的害羞，我轉移了話題。

「那麼，妳們要好好準備喔。」

「說到準備，我們真的要休十天那麼久嗎？」

安絲說了和莫琳小姐一樣的話。安絲的老家是旅館，或許也過著全年無休的生活吧。

「為了帶所有人去，不惜暫停營業，實在太奇怪了。」

「可是，偶爾返鄉也是很重要的吧。」

如果一直都在工作，那就沒辦法回密利拉了。

「一般來說應該會輪流休假，讓那個人自己返鄉呢。」

「這個嘛，畢竟這次是所有員工一起舉辦的旅行嘛。不過，因為要去的是妳們以前往的地方，才會變成返鄉之旅吧？而且我當初也約好，偶爾要讓安絲回去迪加先生那裡。畢竟安絲完全不會主動要求休假嘛。」

「優奈小姐，我來到克里莫尼亞只過了幾個月，普通人才不會這麼早就回去呢。如果這麼早就回去，別人會以為我是逃回去的。」

「是嗎？」

「有些人要修行好幾年才能回去。再加上優奈小姐把整家店都交給我了，我怎麼能要求休假呢？」

「而且我們每工作六天就能休假一天嘛。」

「那是為了消除疲勞而定的休假啦。而且，安絲可能會想要跟男人約會嘛。」

「約會？」

我說的話讓安絲嚇了一跳。

「迪加先生有拜託我幫他找女婿，可是我沒辦法幫妳介紹或找人。因此至少也要給休假，讓安絲本人努力尋覓對象嘛。」

「我不需要這種顧慮啦！」

「妳該不會是已經有對象了吧？」

若是如此，我得向迪加先生報告才行。不過，那個男人會不會被迪加先生殺掉啊？

「才、沒、有！」

要是她結婚了，我本來還打算送一棟可愛的小房子給她，真可惜。

「順便問問，其他三位呢？」

我望向賽諾小姐、弗爾妮小姐與貝朵小姐三個人。三人同時別開目光。

「等安絲結婚了，我再考慮。」

「對呀，等安絲結婚再考慮吧。」

「我也一樣。」

「為什麼是我？妳們三個的年紀比我大吧。如果要結婚，應該是妳們先結呀。」

「身為安絲的姊姊，我必須見證妹妹的幸福。」

「我要代替迪加叔叔，好好鑑定那個男人才行。」

「安絲的老公就是我們的弟弟，絕對不能看錯人。」

要跟安絲交往的男人必須面對三個人的鑑定……如果妮芙小姐也一樣，那便是四個人了。得到這四個人的許可之後，最後就輪到最終頭目——迪加先生登場了。

安絲真的能結婚嗎？

「安絲，加油吧。我會聲援妳的。」

「嗚嗚，連優奈小姐都這樣。我現在滿腦子只想著料理的事啦。」

所以迪加先生才會擔心，拜託我幫他找女婿吧？

無論如何，沒辦法幫忙介紹或是尋覓男人的我也只能靜觀其變了。只不過，我唯一可以說的是——

「我也會幫忙鑑定的。等妳交到男朋友，記得告訴我喔。」

「優奈小姐！」

安絲的吶喊在店內迴響。

畢竟是迪加先生拜託我的，我也沒辦法嘛。

357 熊熊前往孤兒院

我離開安絲的店之後，接著前往孤兒院。

自從回到克里莫尼亞之後，我還沒有去孤兒院露臉。

一來到孤兒院附近，我便看到幾個孩子很有精神地在外頭奔跑。他們好像正在玩鬼抓人之類的遊戲。其中一個人注意到我便停止奔跑，來到我的面前。

「優奈姊姊！」

一個人來找我之後，其他孩子們也陸續聚集過來。大家的臉上都掛著笑容。

「院長在嗎？」

「在喔。」

一個孩子握住我的熊熊玩偶手套。其他孩子見狀，也紛紛牽起我的另一隻手，或是抓住我的熊熊布偶裝。他們很開心地抓著，因此我也不忍心甩開他們。我忍著有點難以行走的感覺，往孤兒院前進。

一走進孤兒院，孩子們便帶我到院長所在的地方。雖然我大概知道院長會待在哪裡，但仍舊跟著孩子們一起走。

我們來到孩子們玩遊戲的房間。院長經常在這個房間陪伴孩子們。我們走進房間，院長果然就跟孩子們一起待在這裡。

「優奈小姐？」

院長注意到走進房間的我們。於是，跟我在一起的孩子們離開我身邊，奔向院長。看到孩子們這樣，院長露出開心的神情。

跟我比起來，院長的地位果然比較高。即使是熊熊布偶裝也有贏不了的對手。我本來就不能跟院長或莉滋小姐相比。她們倆長年辛苦照顧孩子們，已經是彼此的家人了。縱然我打扮成熊的樣子，也比不上她們兩個人。

我走向坐在地上的院長。

「優奈小姐，歡迎回來。我聽堤露米娜小姐說妳的工作結束了，身體狀況還好嗎？」

「我沒事的。」

穿著熊熊裝備的我幾乎不會受傷。如果要讓我受傷，除非遇到龍，否則不可能。只不過，我遇到龍也會逃走。雖然我有點想跟龍戰鬥看看，但還是要珍惜生命。

「優奈小姐，我知道妳是冒險者，不過還是希望妳別太勉強自己。要是優奈小姐有什麼萬一，這些孩子會難過的。」

院長摸著坐在自己腿上的孩子的頭，這麼說道。

不知道我有多強的院長由衷替我擔心，真是個善良的人。我在院長的身旁坐下。

「我不在的這段期間應該沒有發生什麼事吧？」

「看孩子們的表情就知道了。」

院長面帶微笑，望向房間裡的孩子們。孩子們在房間裡讀繪本，或是抱著熊緩布偶與熊急布偶，每個人都很開心。明明是很熱鬧的房間，其中卻也有孩子抱著熊緩布偶睡得很香甜。

「可是，院長總是不讓孩子們擔心啊。」

院長只會在孩子們看不見的地方露出難受的表情，在孩子們面前總是笑臉迎人。所以就這層意義而言，我無法相信院長所說的話。

「沒有那回事。現在能像這樣陪在孩子們身邊，我覺得很幸福。」

既然院長真心感到幸福，那就沒問題了。

「如果有什麼問題，一定要告訴我喔。」

我可以解決大多數的問題。我有力量，也有錢，還認識握有權力的人。例如冒險者公會與商業公會的會長，以及這座城市的領主克里夫。另外，連國王也欠我人情。想到這裡，現在的我豈不是所向無敵嗎？

「呵呵，到時候就拜託妳了。」

我和院長對彼此微笑。

「對了，莉滋小姐和妮芙小姐不在嗎？」

這個時候，照顧鳥兒的工作應該已經結束了，莉滋小姐很有可能出現在這裡。而且，妮芙小姐也經常和院長一起待在這個房間。

「堤露米娜小姐請她們兩位準備去海邊所需的東西，因此她們帶著其他孩子一起去買東西了。」

她們倆去買東西了啊。旅行的確會需要準備一些東西。我可以準備食衣住之中的食與住，但衣服就需要大家各自準備了。除此之外，或許還需要一些我不知道的東西。

以我的情況來說，幾乎所有東西都放在熊熊箱裡，不會突然需要什麼。

重點是，我根本不需要換衣服。

「不過，真的要帶所有的孩子一起去嗎？」

「這是為了獎勵他們平常總是認真工作。」

「光是優奈小姐願意給我們工作，我們就心懷感激了。真不知道我們究竟欠了優奈小姐多少恩情呢。」

我只是替大家指出人生道路而已。接下來全靠孩子們以自己的意志努力工作，才能有現在的成就。

如果孩子們拒絕照顧鳥兒，我可能會放棄牠們。

所以，為了感謝孩子們努力工作，我才會想要帶他們去密利拉鎮玩。

「別在意那種事了，院長也要盡情地玩喔。」

我正在跟院長聊著海邊的話題時，一個抱著熊急布偶的小女孩來到我們面前。

「優奈姊姊，我可以帶熊熊去嗎？」

女孩抱著熊急布偶，這麼問道。正當我要回答「可以啊」的時候，院長開口說道：

「不行喔，我們不是約好要少帶一點行李了嗎？」

院長這麼勸告女孩。

「可是，我想跟熊熊在一起。」

「院長，我也想帶去。」

「我也是。」

孩子們抱著熊緩布偶或熊急布偶，這麼拜託院長。

在孩子們的包圍之下，院長露出困擾的表情。

「行李是愈少愈好。而且我們很快就會回來了，大家就稍微忍耐一下吧。」

「嗚嗚。」

孩子們難過地抱緊懷裡的布偶，把熊緩和熊急的臉都壓扁了。

「那個，院長，帶個布偶應該沒關係吧。」

「如果允許一個人帶，大家都會想帶布偶去。我們還有其他行李要帶，這樣恐怕會很占空間。」

孤兒院的布偶數量相當多。雖然不至於一人一個，但不只是女孩子，年紀小的男孩子也有。

如果所有人都帶布偶去，的確會多出相當多的行李。

我看著孩子們的臉。

我們去海邊是為了讓孩子們快樂地玩耍。既然孩子們沒有熊緩和熊急的布偶就會感到難過，我認為有必要帶過去。

這也證明了孩子們有多麼喜歡熊緩和熊急的布偶，我覺得很開心。

「那麼，請把這個拿去用吧。它應該裝得下布偶。」

我拿出道具袋，交給院長。

就算裝十個甚至二十個布偶，容量也綽綽有餘。

「真的可以嗎？」

「因為我很高興大家這麼喜歡我送的布偶。而且看到大家的表情，我就不忍心拒絕了。」

我表示允許，孩子們便露出高興的表情。自己送的禮物能被使用，絕對比不被使用還要令人高興。

如果被閒置在櫃子裡，我也會很難過的。

358 熊熊見諾雅

後來，我和院長聊天、跟孩子們玩耍之後離開孤兒院，前往諾雅的家。我得向克里夫報告我從王都回來的事，也要完成堤露米娜小姐的請求。而且如果不向諾雅告知我回來的消息，她可能會說「既然回來了就告訴我一聲嘛」。不過隔了太久沒去，總覺得她又會說「我缺乏熊熊成分～～」之類的話。

「優奈小姐，請給我熊熊成分！」

才剛見面，諾雅就這麼說了。

「諾雅，妳有乖乖念書嗎？」

「當然有了，這也是為了去海邊玩嘛。可是，我需要補充熊熊成分才能努力，因此去了一趟優奈小姐的家，優奈小姐卻不在，讓我撲了個空。」

「妳沒有從克里夫那裡聽說我要去王都的事嗎？」

克里夫拜託我去王都的時候，我有請他向諾雅轉告我要去王都的事。

「我以為只要有熊緩和熊急在，妳應該很快就能回來了。」

的確，熊緩和熊急跑得比馬更快。如果是用熊熊傳送門，甚至一瞬間就能回來。

總之為了讓諾雅補充熊熊成分，我召喚了小熊化的熊緩和熊急。諾雅高興地抱住熊緩和熊急。

「嗯～好幸福喔。」

以貴族千金來說，這還真是廉價的幸福。不過我也不是不能理解她的心情，抱著熊緩和熊急就會有一種幸福的感覺。

「對了，今天有什麼事嗎？當然了，即使沒有什麼事，我也隨時都很歡迎優奈小姐來拜訪。」

「因為去密利拉鎮的日期已經確定了，我今天是來報告的。」

「已經確定了嗎？」

我告知預定日期。

「因為日出時刻就要出發，妳不可以遲到喔。」

「我會努力不要睡過頭的。」

諾雅握緊小小的手。

不過，諾雅身邊還有菈菈小姐這位可靠的女僕，應該沒問題吧。

「可是，如果優奈小姐可以把熊緩和熊急借給我，我就不會遲到了。」

「我不會借妳的。」

「真可惜。」

我正在跟諾雅聊天時，克里夫來到房間了。

「打擾了。」

「父親大人，有什麼事嗎？」

「我聽說優奈來了，所以來道個謝。」

「王都的事嗎？」

「沒錯。那麼，妳順利把東西交給國王陛下了嗎？」

「嗯，東西已經送到了。不過，國王陛下又立刻委託下一份工作給我，因此我才會比較晚回來。」

除此之外，我在迪賽特城也接了別的工作。要不是有熊熊傳送門，應該會花上不少時間。

「這樣啊，給妳添麻煩了。」

克里夫鮮少露出這麼愧疚的表情。

「這又不是你的錯。況且如果不願意，我早就拒絕了。我很慶幸有接下這次的委託，所以你不用放在心上。」

「妳這麼說，我就放心了。」

看來克里夫很介意派我去見國王的事。

「對了，妳今天怎麼會來？」

「因為要去密利拉的日期已經確定了，我來通知這件事。」

另外，我還要向克里夫報告我從王都回來的事，但我一見到諾雅就忘光了。

「父親大人，我有好好念書，應該可以去吧？」

「嗯，畢竟我已經答應妳了。不過在出發之前，妳也要認真念書喔。」

「好的。」

諾雅很有精神地回應。

「優奈，如果諾雅太任性，妳儘管罵她。只要是妳說的話，她應該聽得進去。」

「我才不會任性呢。」

「既然如此，倘若其他孩子把那隻熊搶走，妳也不能抱怨。」

克里夫把諾雅懷裡的熊緩抱走。諾雅伸出手，但克里夫遠離她。熊緩發出「咿～」的叫聲。

「父親大人！這樣太過分了，請還給我。」

「如果其他的孩子做出同樣的事，妳也會說同樣的話嗎？」

「這……」

「妳必須注意自己的立場和用詞，這一點絕對不能忘記。」

克里夫把熊緩還給諾雅。

「對身為領主的我們來說，城市的居民就是財產，妳絕對不能做出令居民厭惡的事。要是招人厭惡，就會自食惡果。受到居民愛戴才是好的領主。」

「我明白。」

「那就好。我知道妳不會瞧不起他人。不過一提到關於熊的事，妳便會變得很任性。」

克里夫撫摸諾雅懷裡的熊緩的頭。

的確如克里夫所說，諾雅基本上是個好孩子，但跟熊扯上關係就會有點任性。

「嗚嗚。」

諾雅似乎也有點心虛，因此陷入沉默。

「如果妳也不想被那個叫做菲娜的女孩討厭，就要更懂得忍耐關於熊的事。」

「我、我知道了。」

話說回來，克里夫對諾雅的觀察很細微呢。

我的腦中浮現諾雅剛認識菲娜時發生的事。她對菲娜說過「我是不會把熊熊讓給妳的」、「我是不會把前面讓給妳的」之類的話。真是令人懷念的回憶。

不過，諾雅會這麼喜歡熊，好像是我的錯？

諾雅這麼高興地撫摸熊緩和熊急，一定是因為我的關係吧。

我開始祈禱她總有一天能從熊熊畢業。

克里夫說自己還有工作，於是離開房間。

「啊，對了，我有件事要拜託優奈小姐。」

諾雅一下子握著熊緩和熊急的前腳，一下子撫摸牠們的耳朵、尾巴和頭，然後突然抬起頭。

「嗯？什麼事？熊緩和熊急不能送給妳喔。」

「我當然也很想要熊緩和熊急，但不是的，請不要把我的請求都當成跟熊熊有關的事啦。」

咦，不是嗎？要是這麼說就沒辦法繼續談下去了，因此我保持沉默。

「所以是什麼事？」

「請問我也可以邀請米莎去海邊嗎？我想她應該也沒有看過海，因此想帶她一起去。」

這個請求出乎我的意料。的確，只有米莎不能去就太可憐了。我們在王都相處得很融洽，她也邀請我們參加過生日派對。

而且現在再多出一兩個人也沒關係。

「可以啊。」

「真的嗎？謝謝優奈小姐。那麼，時間也快到了，我現在就寫信給她。」

諾雅高興地放開熊緩和熊急，坐到書桌前，開始寫信。

話說回來，米莎也要來啊。她總不可能一個人來，葛蘭先生應該也會陪同吧？她的父母大概不會來。啊，既然米莎要來，瑪麗娜等人可能也會來當護衛。這麼一來，女生的比例就會增加。如果基爾也能一起來，就要變成某種後宮漫畫或小說的劇情了。

不過，實際上究竟會如何呢？要是立場相反，除了一個女生之外都是男生，別說是逆後宮了，簡直是危險信號，老實說根本是危機四伏。可是，身邊都是異性，或許有人會高興吧？

應該不會有襲擊男生的女生……應該吧？

我一邊祈禱這次的成員中沒有那種人，一邊看著諾雅寫信的樣子。

「寫好了，我去請菈菈寄信。」

大概是想盡快把信寄出，諾雅立刻走出房間。

於是，我和留下的熊緩和熊急一起打發時間。

悠閒的人生才是最棒的。

359 熊熊做冰淇淋

前往密利拉的準備工作進行得很順利。

而且天氣也漸漸變得炎熱。多虧有熊熊裝備，我並不覺得熱，但也能從其他人的反應知道天氣有多熱。走在路上便能看到愈來愈多人換上了輕薄的服裝，大家都用異樣眼光望著我這副看似悶熱的裝扮。

今後氣溫應該還會繼續上升，讓人想吃某種適合夏天的食物。

「應該做得出來吧。」

我抱著熊緩和熊急回想做法，菲娜與修莉就把蛋送到我家了。

時機剛剛好。

我逮到姊妹倆，請她們進到家裡。

「今天好熱喔，優奈姊姊不熱嗎？」

菲娜擦拭額頭上的汗水，這麼問道。

我的打扮一如往常，仍然是看起來很熱的熊熊布偶裝。相較之下，菲娜和修莉穿著輕薄的衣服，感覺涼爽又可愛。

「我以前也說過了，這是特別的衣服。」
「不過優奈姊姊的家很涼呢。」
只要不開窗戶，熊熊屋內就會維持適溫，所以不論是雪山還是沙漠，住在裡頭就能過著舒適的生活。
「來，請喝冰水。」
我準備冰水給剛才走在外頭的姊妹倆喝。
「謝謝優奈姊姊。」
「謝謝。」
兩人大口大口地把水喝光。
「妳們今天有空嗎？」
「是的，今天沒什麼特別的事。有肢解的工作要做嗎？」
「有是有。但今天還有別的事。」
我想拜託菲娜肢解毒蠍，但這件事可以下次再說。
「別的事？」
說到夏天，我便想到冰涼的食物。
也就是冰淇淋。
搭乘熊巴士的時候可以吃，也可以帶去炎熱的海邊享用。我想準備冰冰涼涼的冰淇淋給孩子們吃。

「今天我要做冰涼的點心，想請妳們兩個人來幫忙。」

畢竟是要做給所有的旅行成員吃，分量相當多。而且如果每個人都要準備兩到三個，數量非常可觀。一個人默默地做這麼多，會讓我想起在王都一個人做布丁的寂寞回憶。

不過，這次不是要做給王室成員吃，她們應該願意幫忙。

「冰涼的點心？是刨冰嗎？」

「不是喔，是一種叫做冰淇淋的食物。」

我稍微調查了一下（僅限克里莫尼亞），市面上雖然有刨冰，但沒有冰淇淋。

「我想吃刨冰。」

修莉用細小的聲音這麼說。

「修莉，妳想吃刨冰嗎？」

「……嗯。」

刨冰很簡單，要做多少都可以。只要把冰削碎，再淋上糖漿就行了。

我決定在做冰淇淋之前，先做刨冰給她們倆吃。

我準備一個盤子，再以魔法做出冰塊，然後用風魔法削碎冰塊。冰塊發出「咻咻咻咻咻」的聲音，細小的冰屑逐漸落到盤子裡。

最後，我淋上果醬或蜂蜜、糖漿等調味料。這裡不像原本的世界一樣有檸檬、哈密瓜、草

莓、藍色夏威夷等不同口味的糖漿。因此，克里莫尼亞的人好像會淋上果醬或其他的甜品。

我一做好刨冰，兩人立刻津津有味地吃了起來。

「好冰。」

「好好吃。」

「原來刨冰就是這種味道呀。」

「妳們該不會沒有吃過刨冰吧？」

「……對，這是我們第一次吃。那個……因為直到去年為止媽媽一直……」

對喔。

我想起初次遇見菲娜時的事。

菲娜和修莉沒有父親，母親提露米娜小姐又臥病在床。

菲娜為了母親而去森林採藥草，從根茲先生那裡分得肢解的工作，光是要煩惱每天的生活就費盡心力，不可能有閒錢買刨冰。

「妳們就盡量吃吧。」

如果簡單的刨冰就能讓她們高興，要我做多少都沒問題。

「謝謝優奈姊姊。」

「優奈姊姊，謝謝妳。」

姊妹倆津津有味地吃著刨冰。

過了不久……

「優奈姊姊，我好冷喔。」

「優奈姊姊，我的肚子有點痛。」

兩人吃了太多刨冰，一下子冷得發抖，一下子搓揉自己的肚子。

「妳們吃太多了啦。這裡有熱茶，妳們兩個拿去喝吧。」

「謝謝優奈姊姊。」

「謝謝。」

雖然是因為她們吃太多，但給太多的我也有責任。

看到她們吃得這麼高興就忍不住多給，這是我的壞毛病，所以堤露米娜小姐常說我「太寵菲娜和修莉了」。我對孤兒院的孩子們或諾雅太好的時候，院長和克里夫也會露出同樣的表情。

可能是過了太久的邊緣人生活，我好像很容易溺愛親近我的對象。大概是因為怕被討厭，才會有這種反應吧。

我試著分析自己一直以來的行為。

然而，即使我想改也改不掉。事到如今，我根本無法用冷淡的態度對待菲娜等人。

況且也沒有必要那麼做。

不過，我還是得小心別太寵孩子。

休息了一陣子，兩人便恢復正常了。我稍微用了一點治療魔法，這是祕密。

因為吃了刨冰，我們不小心偏離了本來的目的。

「對了，優奈姊姊要做冰涼的點心吧？」

「優奈姊姊，那種點心好吃嗎？」

「做得好就會很好吃喔。」

只有做成功的情況下才會好吃。

製作的步驟很簡單，所以我還記得，問題在於分量。我的記憶很模糊，不記得蛋、牛奶、砂糖的分量。

如果這裡有電腦，我就能馬上查資料了，但沒有的東西也不能強求。我只好先靠著模糊的記憶做做看。這部分只能賭上熊的直覺了。

「我好期待。」

「嗯，好想快點吃喔。」

修莉剛剛明明才說自己肚子痛，一好起來就變成這樣了。不過這也是她的特色啦。

首先，我準備好蛋黃、牛奶和砂糖。我記得做法有好幾種，有使用蛋白和蛋黃的做法，也有只用蛋黃的做法。總而言之，我覺得丟掉蛋白很浪費，因此決定使用全蛋。

我在蛋白中添加砂糖，攪打成蛋白霜。

問題是砂糖的分量，但我不記得了。總之，我、菲娜和修莉用不同的分量混合，比較每一份的味道。

接著，我在蛋黃裡加入牛奶，混合均勻。

我記得有一邊降溫一邊添加牛奶的方法，但還是先用這種方法試試看。

最後加進一開始做好的蛋白霜，繼續攪拌。接下來要裝進適當的容器裡，放進冷凍庫。

「優奈姊姊，這樣就做好了嗎？」

「冰好就算是完成了。不過還要定時拿出來攪拌才行。」

我的記憶很模糊。好像是要在這個時候加牛奶吧？

算了，多試幾次就行了。

「那麼，我們繼續做吧。」

我們以同樣的要領再做一次。

「啊！修莉，不可以舔啦。」

修莉舔了添加砂糖的蛋白霜，菲娜因此出言制止她。

「對不起。」

「妳看，都沾到嘴巴了。」

菲娜拿出手帕，把修莉的嘴巴擦乾淨。真是一對感情融洽的姊妹。

我看著她們倆，同時專心製作冰淇淋。

然後，我們用各種分量和材料不斷試做。冰淇淋要過一段時間才會凝固，試吃之前也不知道哪一份比較好吃。總而言之，我們做了很多種版本。

「優奈姊姊，可以加點料嗎？」

「只能加一點喔。」

我們試著添加歐蓮果或其他水果，也試著用茶葉重現抹茶冰淇淋，挑戰各式各樣的口味。老實說，我不知道哪一種會成功。不知道分量是最大的障礙。

「修莉，妳加太多糖了！」

稍微一不注意，修莉就想加進更多砂糖。

小孩子喜歡吃甜食，這也沒辦法，但加太多糖可不好。

「還有，不要忘了把自己做的材料分量記下來喔。」

過了一陣子，當我們正在製作各種冰淇淋的時候，一開始做好的冰淇淋差不多也凝固了。

「那麼，我們來稍微試吃一下吧。」

「好的。」

「太棒了～」

我們開始試吃做好的第一份冰淇淋。

我吃了一口，嗯，很好吃。做得很成功。

「一放進嘴裡就融化了，好神奇喔。」

「好好吃。」

兩人都吃得津津有味。

我們接著吃修莉做的冰淇淋。

味道很甜。

「修莉，妳又多加了糖吧。」

「因為我覺得甜一點比較好吃嘛。」

不過，修莉做的冰淇淋雖然很甜，味道仍舊不錯。我們今天製作並試吃了各種冰淇淋。至於還沒有凝固的冰淇淋，我們打算明天再試吃。

接下來，我們會從今天做好的成品中選出比較好吃的冰淇淋來量產。

希望能做出很棒的味道。

360 熊熊試吃冰淇淋

昨天我們試做了各式各樣的冰淇淋。

因為還沒有全部試吃過，我們今天要試吃剩下的冰淇淋。因此，我今天也請菲娜和修莉來到熊熊屋。不過現在堤露米娜小姐也在我面前。

「呃，堤露米娜小姐，妳怎麼會來呢？」

「我聽說妳又做了奇怪的食物，所以就來了。」

奇怪是什麼意思？

我只是做了冰淇淋而已耶。

「拜託妳不要在這麼忙碌的時候研發新商品。」

堤露米娜小姐用認真的表情懇求我。看來她好像有什麼誤會。

「不是啦，我不是要拿去店裡賣。我只是想做冰涼的點心，帶去海邊享用而已。」

「真的嗎？」

堤露米娜小姐以懷疑的眼神看著我。

我真的這麼沒有信用嗎？

「真的啦，所以我不會給堤露米娜小姐添麻煩的。」

目前不會……我在心裡偷偷這麼說。

「那就好。菲娜拜託我追加大量的蛋，我還以為又有什麼事了呢。」

昨天，我拜託菲娜請堤露米娜小姐把多餘的蛋留給我。看來這個行為驚動了堤露米娜小姐。

因此，堤露米娜小姐向菲娜詢問理由，才會帶著蛋來拜訪熊熊屋。

她到底是怎麼看我的呢？我才不會老是帶來麻煩呢。

……只有偶爾會啦。

「對了，我聽說那是一種又冰又好吃的點心。妳做了什麼呢？」

「嗯，是一種冰涼的點心喔。如果堤露米娜小姐有時間的話就留下來試吃，給我一點意見吧。」

「哎呀，我也可以吃嗎？」

今天本來就是試吃會，人多一點比較好。況且成年女性的意見也是很重要的。

「除了好不好吃之外，像是太甜或不夠甜、味道太淡等等，有什麼意見都可以告訴我。因為修莉吃到特別甜的冰淇淋就會給出特別高的分數。」

就跟做布丁的時候一樣，甜度是最大的問題。

「呵呵，我知道了，沒問題。」

聽到我們的對話，修莉小聲說道：「甜一點明明就比較好吃。」

「點心也不是愈甜愈好呀。」

堤露米娜小姐把手放到修莉的頭上。

於是，包含堤露米娜小姐在內的試吃會開始了。

我從冷凍庫拿出一個寫著「菲娜1」的冰淇淋杯，把冰淇淋分裝到盤子裡。

名字和號碼是為了區分材料的分量。

「這就是菲娜她們說的冰涼點心吧。」

「它叫做冰淇淋。」

堤露米娜小姐用湯匙挖起冰淇淋，放進嘴裡。菲娜和修莉也吃了起來。

「哎呀，真好吃。」

「是的，真的很好吃。」

「優奈姊姊，好好吃喔。」

「不過這跟刨冰不同，一瞬間就融化了呢。真是不可思議的口感。」

成品比想像中還要好。

甜度也很適中，砂糖的量似乎剛剛好。

不愧是菲娜做的冰淇淋。

然後，我們一一試吃每份冰淇淋。

其中也有凍得硬邦邦，變得像冰棒的成品，不過這樣其實也挺好吃的。畢竟沒有加不能吃的東西，基本上每一份的味道都不錯。

不過，從大家的表情和評語來看，綿密的冰淇淋果然很受好評。優點就在於入口即化的口感吧。雖然冰棒也不錯，評價依舊稍微低於冰淇淋。

「雖然有些味道比較淡，或是吃起來太甜，但每一份都很好吃呢。」

「太甜的冰淇淋應該是修莉做的吧。」

接著，我們選出評價比較高的冰淇淋，作為要帶去旅行的點心。

「就是為了做這些冰淇淋，才會用到大量的蛋吧。」

熊熊箱裡放著許多蛋，可是昨天試做冰淇淋的時候消耗了不少，今天也會用到，因此不管有多少蛋都不礙事。

而且如果我個人要用的時候缺乏庫存，那就傷腦筋了。

「我知道了，我會優先把多餘的蛋帶來。」

基本上，批發給商業公會之後，多餘的蛋將成為「熊熊的休憩小店」的材料。莫琳小姐會拿來做新的麵包，涅琳也會做新蛋糕等商品。倘若仍有多的蛋，我就會收下來。

如果我不在，商業公會便會以便宜的價格收購。

堤露米娜小姐也決定留下來幫我們做冰淇淋。

人手多是好事，於是我心懷感激地接受她的幫助。

「然後只要裝到模具裡就完成了吧。」

「把成品倒進去就可以了。」

「應該可以做成熊熊的形狀吧。」

「為什麼要提到熊呢？」

「沒有啦，我只是覺得如果店裡推出熊造型的冰淇淋，應該會很暢銷吧。」

「妳剛才不是叫我別做這種麻煩事嗎？」

「那是兩回事呀。我掌管店裡的財務，總是會考慮到銷售的事嘛。」

堤露米娜小姐本來就是這樣的人嗎？

該不會是因為我把店裡的事都丟給堤露米娜小姐，她才會受到影響吧？

總而言之，店裡暫時不會販售冰淇淋。

「做這麼多，果然很累人呢。」

堤露米娜小姐搥了搥自己的腰。我可不會在這種時候說「年紀到了嗎？」之類的蠢話。實際上就連菲娜和修莉也累了。

「嗚嗚，我的手好痠喔。」

「我也累了。」

昨天只做了試吃用的份，今天卻要做所有旅行成員的份。而且如果一天吃一個，我希望替每個人各準備至少三個。

光是如此，數量就相當可觀。

「菲娜，妳做得怎麼樣？」

「呃，大概像這樣。」

菲娜轉過頭來回應我，鼻子上卻沾著冰淇淋。

姊妹倆都一樣呢。

「應該差不多了。」

我確認菲娜正在攪拌的冰淇淋，用手帕替她擦掉鼻子上的冰淇淋，然後誇獎她。

接著，我們將完成的冰淇淋放進牆邊的大型冷凍庫裡。

「優奈，妳還準備了這麼大的冷凍庫呀。」

我平常使用的冷凍庫太小了，所以特別準備了新的。

「可是，為什麼是熊的形狀？」

我沒有回答這個問題。

361 熊熊請人肢解毒蠍

多虧有提露米娜小姐、菲娜和修莉的幫忙，大量的冰淇淋已經做好了。

「菲娜、修莉、提露米娜小姐，謝謝妳們。」

「做了那麼多，實在是很累人呢。」

「真想快點吃到。」

修莉看著裝有冰淇淋的冷凍庫。

「要等到去海邊才能吃喔。」

而且在正式開始做冰淇淋之前，我們已經試吃很多了吧。

「那麼，我也該去買晚餐的材料了。」

「我也要去！」

修莉舉手回應媽媽。

菲娜本來也想去，但被我攔住了。

「菲娜，我有事想問妳，妳可以留下來嗎？提露米娜小姐，我可以再借一下菲娜嗎？」

「嗯，可以呀。不過，晚餐之前要讓她回來喔。」

堤露米娜小姐笑著帶修莉走出熊熊屋。
「那個，優奈姊姊，妳想問的是什麼事呢？」
「菲娜，妳知道毒蠍這種魔物嗎？」
「毒蠍嗎？我只有在冒險者公會的魔物圖鑑稍微看過，不太清楚。」
也對，畢竟這附近根本沒有毒蠍，難怪她不熟悉。
「為什麼要問我這種事呢？」
「妳知道我前幾天都在執行國王的委託吧？」
「知道。」
「我當時打倒了毒蠍，因此想請妳幫我肢解。」
「對不起，我沒有肢解過毒蠍，可能沒辦法。」
菲娜露出愧疚的表情。
「我不會怪妳的。」
「可是，我已經答應要肢解優奈姊姊打倒的魔物了。」
嗯，的確沒錯。我剛認識菲娜的時候，根茲先生拜託我把獵到的魔物交給菲娜肢解。
於是，我答應這個請求，開始委託菲娜肢解魔物。
「那麼，就算失敗也沒關係，妳要練習看看嗎？」
「練習嗎？」

「我打倒了很多，就算妳失敗也沒問題。」

「那怎麼行？會浪費素材的。」

「我不介意啦。」

熊熊箱裡放著好幾隻毒蠍，就算少拿一些素材，我也不介意。不過，菲娜似乎很介意。

「嗚嗚，不行啦。狩獵魔物很危險，是一份賭命的工作。優奈姊姊辛辛苦苦打倒魔物，我不能失敗。」

的確沒錯。如果辛苦打倒的一隻魔物因為肢解失誤而變得破破爛爛，的確令人難過。

「可是不管是誰，肢解第一次見到的魔物，失敗也是很正常的。大家都是從失敗中學習的嘛。」

「可是……」

菲娜好像無法接受。

「請問……不能拜託爸爸嗎？」

「根茲先生？」

「是的，爸爸以前是冒險者，去過各式各樣的地方。我想他應該知道怎麼肢解毒蠍。」

根茲先生是菲娜的肢解師父。

如果是根茲先生，的確有可能知道。他也肢解過黑蝰蛇。

我不太想把事情鬧大。但要是根茲先生會肢解毒蠍，菲娜就能學到毒蠍的正確肢解技術。

有沒有老師的指導是很大的差別。

「妳說得對，我去問問看。」

「好的。」

我和菲娜立刻去冒險者公會，前往保管魔物素材的地方尋找根茲先生。

我們在公會裡尋找根茲先生，發現他正在牆邊跟公會會長交談。

「他們好像正在忙，稍微等一下吧。」

「好的。」

我們正在等兩人說完話，他們便注意到我們，走了過來。

「菲娜，優奈也在啊，怎麼了？」

「我有事情想問根茲先生。」

「問我嗎？」

我瞄了公會會長一眼。可以的話，我不希望毒蠍的事情被別人聽到。

「怎麼，看來我好像很礙事啊。」

是的，你很礙事——雖然這是我的真心話，但總不能在本人面前說出口。

「我沒有那個意思啦。你不用回去工作嗎？」

「我的直覺告訴我，妳又帶了麻煩事過來。」

會長看著我，露齒一笑。

那種直覺就不必發揮作用了。

「我才沒有帶麻煩事過來，只是要找根茲先生談談而已。」

「既然這樣，妳就直接開口啊。」

肌肉不倒翁這麼說，就是不離開。

「…………」

現場陷入一片沉默。

「怎麼，如果沒事的話，我要回去工作了。」

根茲先生夾在我和會長之間，可能是覺得很尷尬，因此試圖逃離現場。

我決定順勢利用根茲先生的行為。

「好吧，那就等工作結束再說好了。菲娜應該也可以吧？」

「我都可以。」

菲娜看著我和會長，這麼答道。

「不行。如果被我聽到也沒問題，妳就直說啊。」

我本來要逃跑，卻又被會長攔截。

好吧，只要不說出毒蠍老大的事，應該不會引起騷動吧。

「好啦，我說就是了。可是，你們不要把事情鬧大喔。」

「聽過內容之後，我自己會判斷。」

不只是肌肉，看來會長連頭腦都硬邦邦的。

我嘆了一口氣，放棄掙扎。

「根茲先生，你會肢解毒蠍嗎？」

「毒蠍？這個嘛，我有肢解過，所以會。妳該不會帶了毒蠍來吧？」

「嗯，對啊。我本來想拜託菲娜肢解的，可是她說自己沒有肢解過，我們才來問你。」

「這也難怪，畢竟是這附近沒有的魔物嘛。菲娜沒有肢解過也很正常。」

毒蠍似乎是主要棲息在沙漠的魔物。

「什麼嘛，原來是肢解毒蠍啊。我還以為是更不得了的事呢。」

聽到我們的對話內容，會長這麼說道。那只是會長擅自猜測罷了，不是我的錯。

「因為是這附近沒有的魔物，我怕自己帶著這種東西會引起別人的側目嘛。」

「說得也是，畢竟妳和妳的道具袋都超乎常人。」

幸好他很快就理解了。

「所以妳就是來拜託根茲肢解毒蠍的嗎？」

「菲娜不是在學習肢解嗎？因此，我想請他在肢解的過程中教教菲娜。」

「既然如此，公會可以接手。其他職員也有人沒肢解過毒蠍，這是很好的學習機會。」

「可是，這座城市出現毒蠍，難道不會引起騷動嗎？」

「這個嘛，或許多少會引起騷動，但在公會內處理就沒問題了。根茲應該也可以接受吧？」

「我可以跟女兒一起工作就好。」

「事到如今也沒什麼不可以的。那麼優奈，妳總共有幾隻？應該都裝在那個熊道具袋裡吧？」

我可以說實話嗎？

拿出幾隻才不會把事情鬧大呢？

順帶一提，我大約有一百隻毒蠍。當作是一百隻野狼的話，應該沒什麼大不了的吧。

「照妳的作風，應該至少有十隻吧。我們可以全部收購。」

其實是十倍。而且我還有毒蠍的老大。

不過，既然會長這麼想，我就配合他的猜測吧。

「會長說得對，大概有十隻。」

「果然沒錯。這裡很難取得毒蠍的素材，甲殼還能加工成不錯的防具，商業公會應該也會很高興吧。」

老大的甲殼很硬，普通毒蠍的甲殼倒是沒有那麼硬。不過經過適當的加工，或許就能增加強度吧？

例如水煮？

加了螃蟹或蝦子的火鍋浮現在我的腦海，好像很好吃。

等到天氣變冷，吃火鍋也不錯。去精靈村落就能取得香菇，煮香菇火鍋好像也不賴。

不過，適合這個季節的夏季火鍋應該也很好吃吧。

「毒蠍的肉好吃嗎？」

「嗯，肉也很好吃。」

「既然這樣，我想留下一點肉。」

「大概多少？」

「我只想先吃吃看，少量就夠了。」

如果還想要更多，再拜託菲娜肢解就行了。

「交易成立。那麼，什麼時候要交貨？既然妳不想讓我知道，就表示妳想隱瞞自己帶了這東西來的事吧。」

「是沒錯，但只要公會能保密就好。」

「嗯～畢竟有些傢伙口風不太緊。那麼，明天清晨如何？清晨時段的人比較少。」

公會是二十四小時營業。就算如此，公會裡也不是隨時都有好幾名職員在待命。晚上只有幾個人留守，以防緊急狀況發生。所以，工作正式開始前的清晨只有少數職員會待在公會。

問題頂多是我必須早起而已。

這下只能請熊緩和熊急叫醒我了。

我答應會長，約好明天清晨來公會交貨。

362 熊熊帶毒蠍去冒險者公會

隔天早晨，熊緩鬧鐘與熊急鬧鐘叫醒了我。

幸好今天能在鬧鐘變得更激烈之前醒來。

要是我一直沒有醒，熊緩鬧鐘和熊急鬧鐘的行為就會變得更不留情。

一開始牠們只會輕輕地拍打我的臉。如果我沒有醒，拍打的力道便會愈來愈強。如果我還是不醒，熊緩和熊急就會踩到我的肚子上，最後甚至會趴在我的臉上。那種感覺真的很痛苦，我希望牠們別這樣。

今天牠們從左右兩側拍打我的臉，我就醒來了。

「熊緩、熊急，早安。」

我揉著眼睛起床。

嗚嗚，我還很睏。外頭的天色很昏暗。我好久沒有這麼早起床了。

不過，我今天要在冒險者公會的職員上班之前交出毒蠍，所以非起床不可。

好了，早餐要吃什麼呢？

不過，我覺得現在吃早餐好像太早了。我衡量肚子的感受，決定先去冒險者公會辦完事情再吃早餐。我從白熊服裝換成黑熊服裝，然後呼喚熊緩和熊急。

「好了，我們走吧。」

「「咿～」」

我一走出熊熊屋，小熊化的熊緩和熊急便快步跟在我的後頭。偶爾早起的時候，我會帶著小熊化的熊緩和熊急一起去散步。早上外面沒有人，不會嚇到居民，也不會有人靠過來。

我邊散步邊前往冒險者公會時，一個我見過但不知道名字的老婆婆向我打了招呼。我也回應「早安」。老婆婆同樣向熊緩和熊急打招呼，熊緩和熊急則用「咿～」的叫聲回應她。家裡附近的人大多都知道我和熊緩與熊急的事，因此就算帶著小熊化的熊緩和熊急在附近散步，也不會嚇到別人。

我稍微打了個呵欠。早晨的空氣雖然清新，我還是睏得不得了。我很想把熊緩變大，躺到牠的背上。正當我這麼想的時候，冒險者公會映入我的眼簾。根茲先生和菲娜就站在冒險者公會前面。

「你們早啊。」

「優奈姊姊早安。」

「妳沒有遲到呢。」

「因為有這些孩子會叫醒我啊。」

我蹲下來撫摸熊緩和熊急的頭。牠們是最棒的鬧鐘。

「熊緩、熊急，早安。」

菲娜也跟我一起撫摸熊緩和熊急的頭。

「抱歉打擾妳們的悠閒時光，但差不多該走了。就是因為不想被別人知道，妳才會選在這種時間過來吧。」

對喔，要是被別人看到就傷腦筋了。

我們繞到公會後方，從後門進入肢解倉庫。

「那麼，妳就隨便找地方放吧。」

我按照昨天的約定，從熊熊箱裡取出十隻左右的毒蠍。

「真令人懷念。」

「是嗎？」

「嗯，我當冒險者的時候有肢解過幾次，自從進入公會工作就很少碰到了。」

「很少碰到的意思是有碰過嗎？」

「偶爾啦，其他地方的冒險者有時候會帶來。因此這次或許會引起一點騷動，但應該不像妳想的那麼嚴重。」

即使引起騷動，只要不被發現是我就好了。

「所以，我們可以收購甲殼吧。」

「可以啊，我只想拿到一點肉。」

我只想稍微試吃看看。毒蠍或許就像蝦子或螃蟹一樣好吃。拿去問安絲和莫琳小姐能不能做成料理也不錯。

「我知道了。肢解完成之後，我會送到妳家。」

「我也可以自己來拿啊。」

「妳來拿的話，偷偷收購就失去意義了吧。妳到底是希望我們隱瞞，還是曝光也無所謂？」

那倒也是。如果我自己來拿，別人就會起疑。

「那麼，可以拜託你嗎？」

「嗯，沒問題。」

經過討論，我決定請根茲先生把毒蠍的肉送到我家。

「那麼菲娜，其他職員來公會之前，我會教妳基本技巧，妳要專心看喔。」

根茲先生拿出肢解用的小刀，靠近毒蠍。

「嗯，爸爸。」

菲娜已經能自然地稱呼根茲先生為爸爸了。她稱呼根茲叔叔的時候真令人懷念。

菲娜取出肢解用的小刀。

那不是我給她的祕銀小刀。

「妳不用祕銀小刀嗎？」

「是我要她別用祕銀小刀的。如果習慣用那種工具，什麼東西都能輕鬆肢解，就會導致基礎變得生疏。所以只要是普通小刀能做的事，我都叫她用普通小刀來做。」

我能理解根茲先生說的話。

可是，好不容易訂做了祕銀小刀卻派不上用場，我覺得有點寂寞。

「既然這樣，我下次會帶用得到祕銀小刀的魔物來的。」

「妳到底想叫我女兒肢解什麼東西啊？」

根茲先生用傻眼的表情看著我。

「不過菲娜，妳這次就準備祕銀小刀吧。光靠妳的力氣，有些部分可能切不開。然而使用祕銀小刀應該就能切開了。」

「好的。」

「但其他職員一來就要馬上收起來。要是讓別人知道妳有祕銀小刀，有些人會嫉妒的。」

持有祕銀小刀的事萬一被別人知道的確不太好。祕銀小刀好歹也是高級品。東西有可能會被偷走，因此根茲先生是對的。

菲娜點頭回應根茲先生說的話。

於是根茲先生開始示範如何肢解毒蠍。

我的肚子也剛好開始叫了。父女倆對這個聲音沒有反應，正在專心肢解。

幸好他們沒有聽見。

「那麼，我要回去了喔。」

「如果妳下次又打倒毒蠍之類的稀奇魔物，記得帶來喔。」

既然如此，我還有毒蠍老大、沙漠蠕蟲老大，甚至是飛龍呢。雖然我也想從熊熊箱裡拿出來，看看根茲先生驚訝的表情，卻又不希望引起騷動，於是作罷。

向根茲先生與菲娜道別的我，決定回熊熊屋吃早餐。

363 熊熊確認泳衣

吃完早餐後，我打了個呵欠。因為今天很早起，我還很睏。

今天沒有什麼事情要做。回到克里莫尼亞之後，我最近都很忙。就算去睡回籠覺，也不會有人斥責我。

我帶著熊緩和熊急回到自己的寢室，穿著黑熊服裝就倒到床上。

「我要稍微睡一下，別叫醒我喔。」

我這麼拜託熊緩和熊急，小熊化的熊緩和熊急就跳到床上，窩在我的身旁。

看來牠們也想跟我一起睡。

我把熊緩抱到身邊，睡意立刻襲來。

「……姊姊。」

我的身體好像正在搖晃。

「……快起來。」

我的身體繼續搖晃。

「優奈姊姊，快起來。」

「熊緩？」

「不是啦～」

「熊急？」

「不是啦～我是修莉啦。」

修莉？我睜開眼睛，看到修莉正跨坐在我身上。

「妳終於醒了～」

我坐了起來，修莉才從我身上爬下去。

「修莉，妳怎麼會在這裡？」

「我幫忙媽媽的工作，做完之後就去冒險者公會找姊姊。然後啊，爸爸和姊姊說他們正在肢解一種叫做『毒蠍』的魔物。我說我也要幫忙，但爸爸說我還太小，不讓我肢解『毒蠍』。所以我就來拜託優奈姊姊，可是妳一直在睡覺。」

不，讓修莉肢解毒蠍的確稍嫌太早。

「我也覺得妳的年紀太小了。」

「連優奈姊姊都這麼說？人家明明就可以。」

修莉噘起小小的嘴巴。

「妳或許可以吧，然而就連菲娜也是今天第一次肢解毒蠍，等妳滿十歲再嘗試也不遲啊。」

而且肢解這種事十歲開始也夠早了。我已經十五歲，又是個冒險者，卻還是不會肢解。這麼一想，我就覺得修莉比我厲害多了。

「好想快點長大喔。」

「妳遲早都會長大的，不用這麼心急啦。」

我把手放在修莉的頭上。

「不過，真虧妳能進到我家裡呢。」

「是熊緩讓我進來的喔。」

「熊緩嗎？」

「咿～」

熊緩叫了一聲。

看來是牠發現修莉來訪，幫忙把門打開了。真是靈巧的熊。

話說回來，不可以這樣擅自放別人進家門啦。

不過應該是因為對象是修莉，熊緩才會開門吧。

「先不說這個了，現在幾點？」

「剛剛過中午喔。」

妳剛才說了什麼，修莉小姐？

「妳說中午？是我聽錯了吧。」

「已經過了中午喔。」

我沒有聽錯。

看來我自從回到家，就一路睡到下午了。

反正我也沒有其他的事，所以無所謂。但我真沒想到自己會睡到過了中午。

「熊緩、熊急，你們為什麼不叫醒我？」

我望向熊緩和熊急，牠們正在床上玩耍。我的確有請牠們不要叫醒我，但至少也該在中午之前叫我起床嘛。我用有點哀怨的眼神看著熊緩和熊急。

熊緩和熊急好像不明白我的心情，「「咿～」」地叫了一聲。

我帶著修莉走到一樓。

「修莉，妳流汗了。」

「嗯，因為我是跑來的。」

「雖然不能請妳吃冰淇淋，但要我做刨冰給妳吃嗎？」

「真的嗎？我要吃！」

「不過，要是吃壞肚子就糟了，只能吃一碗喔。」

我準備盤子，用風魔法削碎冰塊，再淋上蜂蜜，放到坐在椅子上的修莉面前。

「謝謝。」

我也坐在椅子上，悠閒地喝著冰涼的茶。

我正在跟修莉聊天的時候，呼喚我的聲音從外頭傳來。

是誰呢？

我打開門，發現是雪莉來了。

「雪莉，歡迎妳來。有什麼事嗎？」

「我聽說優奈姊姊回來了，想請妳看一下我做好的泳衣。」

對喔，我先前去了一趟孤兒院。

「所以妳才特地過來啊。」

我請雪莉進到屋裡。

「雪莉姊姊？」

「修莉？」

兩個女孩望著彼此。

「修莉也是來找我玩的。」

「不是啦，我是來拜託優奈姊姊的。」

對喔。

「不管怎麼樣，外面很熱吧？我請妳喝冰飲料，妳先坐在椅子上休息吧。」

「好、好的。」

雪莉坐到椅子上，看著放在桌子上的東西。

她的視線前方是修莉吃到一半的刨冰。

「雪莉，妳也想吃刨冰嗎？」

「刨冰很好吃喔。」

修莉吃著刨冰，這麼說道。

「不用了，只有我吃不公平。」

看來她是顧慮到孤兒院的其他孩子。

「沒關係啦，不要告訴其他人就好了。」

我再做一份刨冰，給雪莉享用。

「謝謝優奈姊姊。」

雪莉拿起湯匙，吃了一口刨冰。

「好冰，好好吃喔。」

那真是太好了。

「所以，既然妳要拿泳衣給我看，意思是做完了嗎？」

「是的，全部做完了。」

雪莉帶著笑容回答。

「幫大家做泳衣應該很累吧，謝謝妳。」

「不，其實沒有那麼辛苦。泳衣跟普通衣服不同，沒有什麼裝飾，只要把布料縫起來就可以了。」

「光是這樣就很厲害了。」

即使如此，要做那麼多人的份也很累。沒做過衣服的我沒辦法體會她的辛苦，卻也知道這是一大工程。

雪莉似乎也做了我的泳衣，但我不記得自己有選過泳衣。

如果是從我畫的插畫中選出的設計，基本上應該沒問題。我只希望她不要做學生泳衣給我穿。

「所以，我只要看泳衣就可以了嗎？」

「是，請看看有沒有問題。」

雪莉吃完刨冰之後，從道具袋裡拿出布袋。

她把手伸進布袋，從裡面取出泳衣。

雪莉拿著黑色和白色的泳衣，把它放到桌面上。

「這是孤兒院的小朋友要穿的泳衣。」

雪莉放在桌面上的是……學生泳衣？

而且，胸口的地方還寫著孤兒院孩子的名字。為什麼？名字？

「雖然優奈姊姊畫了各種款式的泳衣，不過孤兒院的小朋友都要穿這種。」

「呃，我可以問為什麼嗎？」

「那個，本來我應該分別問每個人的。但我在大家一起吃飯的時候問了大家想穿什麼樣的泳衣。結果明明還在吃飯，大家就開始吵著要選什麼泳衣。小朋友互搶優奈姊姊畫好的泳衣設計圖，場面變得很混亂。因此院長很生氣，又說每個人都穿不同泳衣的話，我做起泳衣也會很麻煩，於是就決定選這種了。而且這種泳衣可以寫名字，分得出來是誰的。因為這樣，我也只好聽院長的話了。」

不過，統一孤兒院孩子的泳衣或許是個好主意。穿這種學生泳衣的話，胸口有寫名字，因此不會搞錯。

「難得優奈姊姊畫了那麼多泳衣的設計圖，對不起。」

「妳不用放在心上啦，我可以理解院長的心情。不過為什麼是黑色和白色的？」

黑色我還可以理解，因為我的插畫上就是黑色。然而為什麼有白色？我並沒有畫白色的學生泳衣，也不認為這個世界會有白色的學生泳衣。

「因為是熊緩和熊急的顏色。院長允許大家至少可以選顏色。」

雪莉的回應很正常，只是參考了熊緩和熊急的顏色而已。

黑色沒有什麼問題。在原本的世界，學生泳衣就是深藍色或接近黑色的泳衣。但白色的學生泳衣就有點奇怪了，應該沒有學校的學生泳衣是白色的。

看著白色的學生泳衣就會萌生某種害羞的尷尬感覺，或許是因為我的內心太骯髒了吧。

對孩子們來說，這就是普通的熊急色。

「那男生的泳衣呢？」

女生穿白色的學生泳衣，我勉強還可以接受，白色的泳衣確實存在。我卻從來沒看過或聽過男生穿白色的泳褲，也不想見到。

雪莉從剛才拿出泳衣的布袋取出別的泳衣，其中只有黑色的短泳褲。

我鬆了一口氣。要是雪莉這時拿出白色的泳褲，我可能會把它摔到地上。

「是黑色的啊。」

「是的，因為男生都選了黑色。」

太好了，幸好不是白色泳褲。

而且我畫男生的插畫時，名字是放在右側邊緣，成品也一樣。

「雪莉姊姊，我的呢？」

「我也有把修莉的泳衣帶來喔。」

雪莉自道具袋裡取出另一個布袋，從裡面拿出泳衣。

「我可以穿穿看嗎？」

「妳要穿嗎？去海邊再穿也可以吧？」

「不能穿嗎？」

小孩子都不會感到害羞嗎？

好吧，雖然有量尺寸，試穿也是很重要的。

我表示允許，修莉便當場脫起衣服。我趕緊阻止修莉。修莉疑惑地歪著頭。因為我們都是女生，基本上沒有問題。在普通的游泳池和海水浴場，大家都會在同一個房間裡換衣服。然而如果不教修莉在正確的地方換衣服，我會很擔心她的將來。

「修莉，妳要換衣服就去那個房間換吧。」

我指著浴室的更衣間。

修莉乖乖聽從我的建議，帶著泳衣走向更衣間。我莫名感到有點疲憊。我看著更衣間的門，等修莉走出來。我不知道她拿去的泳衣是什麼樣子，因此很好奇。

「對了，這是優奈姊姊的泳衣。」

雪莉又從道具袋裡拿出另一個布袋，從布袋裡取出泳衣。而且不只一個，她把第二個、第三個布袋放到桌上。

各種款式的泳衣排列在我的面前。

「呃，這些全部都是我的嗎？」

「是的。」

雪莉帶著滿臉笑容點頭。

她沒有惡意吧。

「我忘記問優奈姊姊想要什麼樣的泳衣了。」

因為我也沒有說嘛。

「可是，優奈姊姊這段時間都在外面工作。」

因為國王有事找我，我接了工作就前往迪賽特城了。

「所以，我做了很多適合優奈姊姊的泳衣。」

「……………」

真希望是我聽錯了。

然而我的眼前擺著好幾套泳衣，而且雪莉說這全都是替我準備的泳衣。

「由於我覺得每套都很適合優奈姊姊，就忍不住做了這麼多。」

雪莉用燦爛的笑容答道。沒有惡意的行為反而很令我困擾。她大概真的是為了我才做的吧。

「呃，謝謝妳。」

連我也知道自己的臉正在抽搐。不過聽到我這麼說，雪莉露出開心的表情。要是換個想法，這樣說不定很幸運，至少我有很多種泳衣可以選。倘若除了白色學生泳衣或三點式比基尼之外沒有其他選擇，我可能會哭吧。

我重新望向桌上的泳衣。

其中有以黑色為主，點綴著白色的連身泳衣，也有帶著荷葉邊，以及分成兩件的款式。

另外也有比基尼，有著上下分成白色與黑色的款式，以及左右分別是黑色與白色的款式。不過沒有胸部的人不適合穿比基尼，加裝魔法的墊子應該還可以吧？

很少有人知道我的胸部尺寸。測量過尺寸的雪莉一定知道，另外便只有跟我一起洗過澡的菲娜、修莉、堤露米娜小姐和諾雅了。多虧熊熊布偶裝，其他人應該都不知道我的胸圍，搞不好有人會以為我是巨乳。

放眼望去，雪莉似乎把我畫的插畫之中可能適合我的泳衣全都做出來了。

儘管沒有三點式比基尼，卻有黑色與白色的學生泳衣。好險，如果只有這種款式，我大概會欲哭無淚吧。

我真的很慶幸有其他泳衣可以選。

「可是，為什麼全部都是黑色和白色？」

所有的泳衣都是以黑白配色為主，完全沒有用到其他顏色。

「我想說優奈姊姊好像喜歡黑色和白色。而且熊緩和熊急也是黑色和白色的嘛。」

聽到雪莉這麼說，我完全無法反駁。算了，這樣總比粉紅色或鮮紅色好。

不過，做這麼多泳衣應該很辛苦。

「是不是因為我沒有選，給妳添麻煩了？」

「沒有那回事。想著優奈姊姊適合什麼泳衣，我做得很開心。」

「可是我沒辦法全部都穿喔。」

「我知道。但如果這裡面有優奈姊姊喜歡的泳衣，我會很高興的。」

她的表情上寫著「這是我努力的成果」，好像希望我誇獎她。

「優奈姊姊全都不喜歡嗎？」

我不發一語，雪莉的笑容便瞬間轉為不安。

「沒有那回事啦。只是因為太多了，每一套都很好，我覺得很猶豫。」

聽到我這麼說，雪莉的不安表情便消失了。

雪莉辛辛苦苦替我做泳衣，好險沒有傷到她。實際上，每一套泳衣都很可愛。問題在於要穿的人。

「我沒辦法馬上選出來，可以等一下再慢慢考慮嗎？」

「既然這樣，我希望優奈姊姊可以試穿幾件看看。」

「也對，那我就先選幾件吧。」

這樣一來，我就不能只選一件了。

無論如何，我把絕對不穿的泳衣到可愛的泳衣全都收進布袋裡，再把布袋收進熊熊箱。

總之不必穿學生泳衣了，我因此感到安心。

我把泳衣收進熊熊箱之後，修莉打開深處的門，走了出來。

修莉穿的是綴有荷葉邊的白色連身泳衣。

「優奈姊姊，怎麼樣？」

「嗯，很適合妳，很可愛喔。」

「真的嗎？」

修莉高興地原地轉了一圈。

…………？

我剛才好像看到了什麼，應該是我的錯覺吧。

「呃，修莉，妳再慢慢轉一圈。」

為了確認，我這麼拜託修莉。

「嗯！」

修莉慢慢地在原地轉了一圈。

「停！」

我在修莉面向後方的瞬間這麼大叫。

「怎麼了？」

我明明喊停，修莉還是動了。不過，我並沒有看錯。我靠近修莉，繞到她背後，看著她的背部……應該說屁股。

「呃，這是什麼？」

修莉的屁股上有一個圓圓的白色東西。

「那是熊急的尾巴。」

「怎麼會有這種東西……」

「啊，對了，雪莉姊姊，我沒拿到帽子耶。」

「啊，抱歉，我忘記給妳了。」

雪莉把手伸進布袋，拿出某個東西，交給修莉。

她拿了什麼東西？

接過那個東西的修莉把它攤開，戴到頭上。

「…………」

所謂的瞠目結舌就是這麼回事吧。我真的張大嘴巴，看著修莉。修莉戴到頭上的帽子是有一張熊臉的泳帽。

「跟優奈姊姊一樣耶。」

修莉穿著有熊尾巴的泳衣和有熊臉的泳帽，打扮得就像白熊一樣。

「……雪莉，這是怎麼回事？」

「這……」

雪莉露出有點難以啟齒的表情，從道具袋裡拿出我畫的泳衣設計圖。

然後，她對我遞出其中一張紙。

那是一張皺巴巴的紙，上面畫著泳衣的插畫。

看到這張插畫，我才想起來。

菲娜等人正在選泳衣的時候，諾雅問我有沒有熊熊泳衣，我一時興起就畫了這張插畫。

「我記得我已經把它揉一揉丟進垃圾桶了啊。」

「那個，其實是修莉把它撿起來，然後拿給我了。」

「修莉！」

「因為很可愛嘛。」

的確是很可愛，但這是熊熊泳衣耶。

「優奈姊姊，我是不是不可以做這套泳衣呢？」

「也不是不可以啦，可是這樣很令人害臊吧。」

「那個，其實孤兒院裡比較小的孩子也是穿熊熊泳衣。」

雪莉這麼說，把剛才拿出的學生泳衣翻到背面給我看。

背面就跟修莉的屁股一樣，縫著圓圓的尾巴。

據雪莉所說，孤兒院的泳衣都是學生泳衣，顏色也都是熊緩色或熊急色。

當時幼年組好像曾問她：「沒有尾巴嗎？」

「他們好像都聯想到店裡的熊熊了。」

的確，店裡的熊熊制服有尾巴和熊熊兜帽。

「所以，我想起修莉撿起來的那張紙，做了尾巴和帽子給他們。」

也就是說，這些泳衣是以我畫的熊熊泳衣為藍本所做成的。

我好想痛扁當時因為諾雅的一句話就畫了熊熊泳衣的自己。

這麼一來，去海邊就會看到好幾個孩子跟修莉一樣穿著熊熊泳衣的樣子。

我突然覺得不想去海邊了。可是，大家都這麼期待，我總不能擅自取消，也沒辦法請雪莉重做泳衣。

早知如此，我當初就不該接下國王的委託，而是留在克里莫尼亞監視了。

可是那麼做的話，卡麗娜不知道會有什麼命運。這個選擇太強人所難了啦。

後來，修莉早就忘了關於毒蠍的事，興高采烈地回家了。

364 米莎拜訪熊熊屋

雪莉和修莉都回去了。

我一頭栽到床上。

「累死了～」

我的精神感到疲憊。白色的學生泳衣和熊熊尾巴都讓我嚇了一跳。只有幼年組的孩子會穿熊熊泳衣是我唯一的救贖。

老實說，我希望他們別這樣。可是看到修莉高興的表情，我就不忍心這麼說了。我抱起小熊化的熊緩和熊急，減輕自己的精神傷害。牠們摸起來毛茸茸又軟綿綿的。

過了一陣子，抱過熊緩和熊急的我終於消除精神傷害，重新把雪莉做的泳衣排列到床上。我緩緩把其中的學生泳衣推到邊緣，這不是身為大人的我該穿的泳衣。我看著剩下的泳衣，款式有比基尼和連身泳衣。

嗯～我不知道哪一種比較好。

「熊緩、熊急，你們覺得哪一套比較好？」

我詢問床上的熊緩和熊急，熊緩和熊急卻用沒什麼興趣的表情看著泳衣。然後牠們叫了一聲，便躺下來睡覺了。

看來牠們對我的泳衣裝扮沒什麼興趣。好吧，要是牠們有興趣，我反而傷腦筋；這麼漠不關心卻也讓我有點哀傷。

換句話說，我無法依靠熊緩和熊急，只能自己決定了。

我看著泳衣，拿起黑白配色的比基尼。接著，我脫掉熊熊布偶裝，試穿比基尼泳衣。

這種剛好合身的感覺是怎麼回事？我站在不常使用的全身鏡前。這樣適合嗎？某個部位讓我很在意，但我決定視而不見。我試著擺些別的姿勢，但還是不知道是否適合自己。

我不發一語地拿起下一套泳衣。我也穿了兩件式泳衣、連身泳衣，但每套泳衣都讓我的腳很沒有安全感。我試著在腰上圍起類似海灘巾的布，感覺稍微好一點了。這次我反而覺得肩膀有點冷，想找東西套在身上，於是拿了一條大毛巾披在肩膀上。我感到安心。用更大條的毛巾包住身體就會讓我很安心。

我已經不行了。像我這種只去過學校游泳池的家裡蹲竟然要穿著泳衣去海邊，難度未免太高了。

話雖如此，事到如今也不能取消。

或許就是因為沒有某個部位才不行吧。

熊緩和熊急也睡著了。我停止一人泳衣時裝秀，穿回熊熊布偶裝。穿上熊熊布偶裝的瞬間，我不禁感到安心。連一套泳衣都選不出來，穿上熊熊布偶裝卻感到安心，我搞不好已經沒資格當

女人了吧。

我不發一語地把泳衣收進布袋，然後放到熊熊箱裡。接著，我在熊緩和熊急的旁邊躺下來。距離出發日還有一點時間，慢慢考慮就好了。

把討厭的事情延後也是一種人生哲學。有些事情可以靠時間解決。可以解決嗎？如果可以就好了～我決定把這件事託付給幾天後的我。

那天晚上，菲娜和根茲先生把毒蠍肉拿來給我了。

嗯，我完全忘了這回事。因為今天受到太多精神傷害，我把毒蠍的事情忘得一乾二淨。無論如何，我道謝並收下毒蠍肉。乍看之下好像很接近蝦子？

今天的晚餐，我簡單地水煮毒蠍肉來吃，味道很不錯。淋上醬油就更美味了。

隔天，我忘了泳衣的事（刻意不去想），在家裡打發時間。去密利拉之前，還需要準備其他東西嗎？

基本上，即使忘記也還有熊熊傳送門可用，在密利拉鎮購買也行。因為大部分的事情都由堤露米娜小姐處理，我沒有什麼事要做。

冰淇淋已經做好了，也有泳衣。堤露米娜小姐會準備食材。作為交通工具的熊巴士已經做好了。對了，不知道露麗娜小姐和基爾現在怎麼樣了？

海倫小姐說等到露麗娜小姐和基爾回來，便會幫我轉告他們，但我到現在還沒有接到聯絡。搞不好會來不及。如此一來，照顧孩子們的人手恐怕不夠。

我還是再去冒險者公會確認一下好了。

我在家裡這麼想著，就聽到有人敲門呼喚我的聲音了。

「優奈小姐～～～請問妳在嗎～～～～」

聽聲音便知道是誰來了。我打開玄關的門，門外的人果然是諾雅。站在她身後的人物卻出乎我的意料。

「優奈姊姊大人，好久不見。」

「米莎，妳來了啊。」

諾雅後面有米莎的身影。

「這次真的很感謝妳的邀請。」

「妳不用這麼鄭重地打招呼啦，只要盡情地玩就好了。」

我覺得不必多禮，於是打斷了米莎的問候。

「是，我會好好玩的。」

米莎笑著回應。

接著，她抬頭往上看。

「話說回來，雖然我已經聽諾雅姊姊大人和菲娜說過了，原來優奈姊姊大人真的住在像熊熊的房子裡呢。」

米莎看著熊熊屋，感慨地說道。

「真是可愛的家。那個，優奈姊姊大人，我可以進去裡面嗎？」

米莎帶著閃閃發亮的眼神靠近我。她的表情似乎等不及要進屋了。

「可以啊，但是裡面很普通喔。」

「沒關係的。」

高興的米莎和諾雅走進熊熊屋。我們一進屋，窩在沙發上的熊緩和熊急便抬起頭。

「是熊緩和熊急耶。」

米莎抱起坐在沙發上的熊緩和熊急。

「哇啊，牠們真的好可愛喔。熊緩、熊急，你們過得好嗎？」

「「咿～」」

「我真羨慕諾雅姊姊大人可以隨時見到牠們。」

「我也不是隨時都可以見到牠們啦，只有有空的時候。」

「那樣也很令人羨慕呀。」

念書的空檔，或是有空的時候，諾雅偶爾會來找我玩。然後，菈菈小姐常常會來接她。

「不管怎麼樣，外面很熱吧。我來準備冰茶，妳們隨便找位子坐，等我一下。」

諾雅抱著熊緩，米莎抱著熊急，各自坐到沙發上。

我準備茶點，放在桌上。

「謝謝。」

「屋裡真的是普通的樣子呢。」

熊熊屋的內部跟普通的住家沒什麼不同。

頂多就是擺著一些熊造型的擺飾或家具，有熊型的召喚獸，自己的房間裡放著熊熊布偶，而且浴室裡也有熊。只有客廳這裡是沒有熊的。

米莎觀察屋內，視線停在某個地方。

「這幅畫是……」

米莎站了起來，靠近掛在牆上的一幅畫。

「那是在校慶請人畫的畫。」

「優奈姊姊大人、諾雅姊姊大人、菲娜、修莉，還有堤莉亞大人？」

「校慶第一天的時候，堤莉亞買了衣服給大家，我們是在當時請人畫下來的。」

除了我之外，大家都拿到了新衣服，身上穿著很可愛的服裝。只有我跟平常一樣是打扮成熊的樣子，而且表情很害臊。

「嗚嗚，要是我也能在第一天跟大家一起逛就好了。」

我們只有第二天是跟米莎一起逛校慶。

「既然如此，明年米莎也一起去，請人把我們畫下來吧。」

看到米莎一臉羨慕的樣子，諾雅這麼提議。

「真的可以嗎？」

「真的呀，優奈小姐也可以吧？」

明年啊。過了一年，其他人或許已經忘記我了吧？

校慶的時候，我為了保護希雅而和騎士比賽，很引人注目。我好歹也有變裝（學生服），應該沒有暴露身分。

只不過，如果明年也變裝（學生服），有可能會被發現。

「優奈姊姊大人，我不能去嗎？」

我正在沉思的時候，米莎這麼問道。

「沒有那回事。明年我們一起去，請人畫下來吧。」

「好的。」

反正是明年。明年的事情明年再想就好，我決定把這件事託付給明年的我。

我昨天好像也想過同樣的事，但我不以為意。

「話說回來，優奈姊姊大人不會熱嗎？」

米莎喝著冰茶，這麼問我。

「這種衣服是用特殊的布料做的，不會熱。」

「原來是這樣呀。既然有那麼特殊的布料，我也很想要呢。」

「可能很難取得吧。」

畢竟這是神給我的東西，普通人不可能拿到。

如果神也能幫我準備夏季熊熊服裝就好了。追根究柢，把外掛能力賦予在熊熊裝備上就是一個錯誤。就算退個一百步，熊造型的項鍊、熊造型的戒指之類的熊造型飾品還比較好。

「不過，這麼臨時的邀請，真虧妳的父母願意答應呢。」

「是，因為是跟優奈姊姊大人一起去，他們就放心讓我來了。」

我是很高興他們願意信任我，但這麼一來責任就更重了。

「另外，也是多虧爺爺大人陪我一起來克里莫尼亞。」

「葛蘭先生有來嗎？」

「是的，因此我也很感謝爺爺大人。」

葛蘭先生果然也一起來了。把領主的工作託付給米莎的父親後，葛蘭先生便過著清閒的日子，我就知道他會一起來。

既然葛蘭先生來了，我是不是該去打個招呼呢？畢竟我要代為照顧他的孫女。

「護衛該不會是瑪麗娜她們吧？」

「是的，這次也是請她們擔任護衛。」

「這麼說來，葛蘭先生和瑪麗娜她們也要一起去海邊嗎？」

「不，爺爺大人有工作，要留在克里莫尼亞，所以瑪麗娜和艾兒要護衛我，瑪絲莉卡和伊蒂亞會留在爺爺大人身邊。這樣會再多出兩個人，請問沒關係嗎？」

「完全沒問題。」

瑪麗娜和艾兒會一起來啊。既然如此，我便得幫她們兩個人準備泳衣了。總不能請她們穿著平常的服裝待在炎熱的大太陽下。

「可是，孤兒院的孩子和菲娜她們也會一起去吧，我真的可以參加嗎？」

「不只是諾雅，菲娜和修莉也一定很希望妳來。孤兒院的孩子們不會介意的。只不過，妳可不能像諾雅一樣任性喔。」

「優奈小姐，太過分了，我才不會任性呢。」

「呵呵，開玩笑的啦。我知道諾雅和米莎都不是會耍任性的孩子。不過如果妳們覺得自己是貴族就可以享受特權，我會請妳們回家喔。」

真要說的話，這次諾雅她們才是多出來的客人。如果她們耍任性，讓孤兒院的孩子們有不愉快的感受，我會狠下心來請她們回家。

「我們不會的。」

「是，我保證不會那樣。」

諾雅和米莎向我保證。

「那就沒問題了，我們一起開心地玩吧。」

「好的！」

米莎很有精神地回應。

「不過在那之前，要先訂做去海邊玩的泳衣才行。」

「是，我們就是為了拜託優奈小姐這件事才會來的。請問現在開始做還來得及嗎？」

「因為其他所有人的份都已經做好了，現在開始應該還來得及。」

只要她們不挑三揀四，我想大概沒問題。

倘若帶諾雅和米莎去雪莉工作的店，恐怕會給娜爾小姐和泰摩卡先生添麻煩。

既然如此，就像上次一樣，在我家選泳衣並丈量身體尺寸好了。

365 熊熊帶米莎去「熊熊的休憩小店」

「對了，我想請問優奈姊姊大人，去菲娜和修莉的家就可以見到她們了嗎？」

基本上，修莉大多是跟堤露米娜小姐或菲娜在一起。

堤露米娜小姐有時候是在孤兒院工作，有時候會去店裡巡視。

菲娜也會去孤兒院幫忙、在家裡做家事，有時候還會幫堤露米娜小姐去店裡跑腿。

另外，菲娜也會在我家做肢解的工作。

如果昨天的毒蠍還沒有肢解完畢，她今天可能會待在冒險者公會。

菲娜真的會到處做各種不同的工作。倘若拿十歲的我和她相比，實在是很令人慚愧。

可是，我有方法能找到四處奔波的菲娜。

我稍微離席，前往位在二樓的寢室。確定房裡只有我一個人之後，我拿出熊熊電話，灌注魔力。

我要打給菲娜～我要打給菲娜～我對熊熊電話這麼默念。等了一陣子，熊熊電話傳出了菲娜的聲音。

『優奈姊姊？』

「菲娜，妳現在在哪裡？」

『我在孤兒院。請問……』

這樣就知道菲娜在哪裡了，熊熊電話真方便。如果有GPS功能，縱使不打電話也能查出位置，只可惜熊熊電話沒有這種功能。就算有，我也不太想用。我覺得監視別人的行蹤不是一個正常人該做的事，因此能用熊熊電話詢問就足夠了。

「毒蠍已經肢解完了嗎？」

『是的，公會的大家都很有幹勁，昨天就肢解完了。』

不愧是公會職員。畢竟他們過去也在一天之內就把黑蝰蛇肢解完畢了。

「菲娜，妳等一下有空嗎？米莎來了，她說想見妳和修莉。」

『米莎大人來了嗎？我想想，好的，沒問題。工作再過一陣子就結束了。』

「妳也還沒吃午餐吧。」

『是的。』

「既然這樣，我們一起去『熊熊的休憩小店』吃吧。」

『好的，那我會帶修莉一起去。』

我收起熊熊電話，回到有其他人在的一樓。然後，我謊稱自己早就和菲娜約好在「熊熊的休憩小店」吃午餐。

說謊只是圖個方便。畢竟熊熊電話的事是祕密。

「那是優奈姊姊大人的店吧。我聽說那裡放著很多熊熊造型的擺飾。」

當時我一時興起就做了一大堆熊熊擺飾，真是令人懷念的回憶。

「而且，我的生日派對當時，為了宣傳熊緩和熊急並不可怕而舉辦的活動就是穿那裡熊熊制服吧。」

米莎開始熱烈地聊起餐廳的話題。

「我好期待。」

期待去熊熊餐廳？還是期待見到菲娜？

我把這個疑問擺在一邊，跟兩個女孩一起去「熊熊的休憩小店」找菲娜。

她們倆都打算抱著熊緩和熊急走出熊熊屋，於是我趕緊制止她們。

「妳們兩個，不可以帶熊緩和熊急去啦！」

「咦～」

「不行嗎？」

要是在白天帶著熊緩和熊急到外面走動，城裡的孩子就會聚集過來，使情況一發不可收拾。

我召回熊緩和熊急，兩人便露出難過的表情，但這也沒辦法。

「好了，我們走吧。菲娜和修莉都在等我們呢。」

「是。」

「好的。」

我們為了跟菲娜和修莉見面，來到「熊熊的休憩小店」。靠近店門口，就能看到抱著麵包的大型熊熊石像。這隻熊還是一樣，又大又顯眼。

「是熊熊耶。」

米莎看到拿著麵包的熊，露出開心的表情。

菲娜和修莉就站在熊熊石像前。看到她們在石像前等待，我便覺得這裡好像變成某個立著狗雕像的知名地標了。

一看到她們倆，米莎便開始小跑步。菲娜和修莉也注意到我們，朝我們跑來。

「菲娜，好久不見。」

米莎握住菲娜的手。

「是，米莎大人，好久不見了。」

「修莉也是，好久不見。」

「嗯，米莎姊姊。」

三人為重逢感到高興，諾雅也加入她們的行列。看著四個女孩這麼高興的樣子，我也連帶感到快樂。幸好有邀請米莎。

不過，我們總不能一直在外頭吵鬧，於是我帶著高興的四人走進店內。

「店裡也有好多熊熊喔。」

米莎走進店裡，臉上浮現燦爛的笑容。牆壁、柱子、桌面都裝飾著擺出各種姿勢的Q版熊熊。有些熊正在爬牆，有些熊攀在柱子上，有些熊在桌子上奔跑。其中有熊親子、舔著蜂蜜的熊、戰鬥的熊、睡覺的熊、咬著魚的熊等等各式各樣的熊。

米莎就像來到遊樂園的孩子，在店裡四處張望。然後，米莎的視線停留在小不點店員身上。

「店員真的打扮成熊熊的樣子呢。而且，比我小的孩子也在工作。」

說到這裡就令人有點難過了。但大家都是自願來這裡工作的，我們絕對沒有強逼孩子工作。為了生活下去，這是必要手段。

「可是這種打扮非常可愛。這家店真的有好多熊熊喔。」

米莎依然很興奮，不斷左顧右盼。

「站在通道上會擋到別人的，所以我們快買麵包，坐下來吃吧。」

「好的。」

「米莎，走這邊。」

諾雅牽起米莎的手，帶她去賣麵包的櫃檯。我、菲娜和修莉跟在她們後面。

「優奈小姐，歡迎光臨。」

在麵包櫃檯的卡琳小姐向我打招呼。

米莎看到卡琳小姐，小聲說了一句「她沒有打扮成熊熊耶」。我聽到了這句話，卡琳小姐似

乎也聽到了，於是露出苦笑。

「今天有新面孔呢。」

卡琳小姐看著米莎這麼說。

「我叫做米莎娜，這次承蒙優奈姊姊大人和諾雅姊姊大人的邀請，有幸與各位一起前往密利拉鎮。還請多多關照。」

「……優奈姊姊大人？優奈小姐，這孩子是？」

卡琳小姐向我小聲問道。她似乎察覺到什麼了。

「說是諾雅的熟人，妳應該就知道了吧？」

光是聽到我這句話，卡琳小姐似乎就理解了，表情頓時僵硬起來。

「請不要介意，用對待菲娜和修莉那樣的態度對待我就好了。」

就算米莎這麼說，卡琳小姐依然不知所措。

「順便請問一下，妳是怎麼稱呼諾雅姊姊大人的呢？」

「……我會稱呼諾雅兒。」

「既然如此，也請妳叫我米莎娜吧。」

「呃，那我就不客氣地叫了，米莎娜。」

「好的。」

「那麼，米莎娜，妳想吃哪個麵包？」

「每一種看起來都很好吃，真令人煩惱。」

米莎望著架子上的各種麵包。

「米莎姊姊，這裡有熊熊麵包喔。」

修莉這麼告訴米莎。

「真的耶，是熊熊的麵包！」

米莎睜大眼睛，看著熊熊麵包。

這種麵包長得像圓滾滾的可愛熊臉。

「我本來想先告訴米莎的。」

諾雅被修莉搶先一步，露出遺憾的表情。

「每個麵包都好可愛。」

「這個很好吃喔。」

「其他麵包也很好吃，但我最推薦熊熊麵包。」

修莉與諾雅推薦熊熊麵包。

「這是店裡很受歡迎的麵包喔。而且，這些是剛剛才出爐的，非常好吃喔。」

「我要選這種熊熊麵包。」

米莎看都不看其他的麵包，決定點熊熊麵包。

卡琳小姐把麵包放到盤子上。

「其他人呢？」

「我當然也要熊熊麵包。」

「我也是～」

「既然大家都要吃熊熊麵包，我也要。」

米莎選了熊熊麵包之後，諾雅、修莉也一樣，最後連菲娜都選了熊熊麵包。

熊熊麵包是在這家店工作的米露和我一起發明的麵包。

一開始是孤兒院的小朋友拜託米露做的。可是，米露因為做不出熊熊麵包而大傷腦筋。見到這個情況，我便跟她一起替孤兒院的孩子做麵包。

雖然我不覺得自己有做錯事，但幾天後就有熊熊麵包出現在店裡，讓我覺得有點悲哀。

我向米露詢問事情怎麼會變成這樣，她說是卡琳小姐提議拿到店裡賣的。

這件事傳到莫琳小姐和提露米娜小姐的耳裡，熊熊麵包就決定開賣了。為什麼沒有人找我商量？對此感覺到惡意是我的錯覺嗎？

可是現在，熊熊麵包已經是店裡的暢銷麵包之一了。

我一個人點了其他的麵包，以表達小小的反抗。看到我這麼做，卡琳小姐笑了。

接著，我又點了可以大家一起分著吃的薯條和洋芋片。

「來，這樣應該剛剛好。」

我付錢給卡琳小姐。

「謝謝惠顧。」

卡琳小姐恢復成店員的表情，道謝後收下錢。

「這裡明明是自己的店，優奈姊姊大人還是會付錢呢。」

「因為我今天是以客人的身分來嘛。」

如果有不認識我的人看到，覺得我是個不付錢的人，那就傷腦筋了。

我們各自拿著裝有麵包的盤子，在空位上坐下。

「有熊熊在睡覺呢。」

桌上有正在睡覺的Q版熊熊擺飾，米莎高興地摸著它。然後，米莎試圖把它拔起來。

「嗚嗚，拿不起來。」

「妳用力拔也拿不起來喔。」

「大家都試過一次呢。」

「嗯，我也有試過。」

諾雅和修莉笑著對米莎的行為表示同感，但只有菲娜不同。所有人都望著菲娜。

「我沒有那麼做喔。」

「菲娜背叛我們啦。」

大家都笑了。

也對，別說是諾雅了，第一次光顧這家店的人都會試圖把熊拿起來。可是店裡的熊全都已經

固定住了，客人無法帶走，因此大家最後都會放棄。如果可以拆下來，熊熊擺飾應該在開幕的那天就全部消失了吧。

「不說這個了，快點開動吧。」

難得買到剛出爐的麵包，趁熱吃比較美味。

我一說完，菲娜和諾雅便撕下熊熊麵包的耳朵，吃了起來。修莉直接咬了一口熊熊麵包。只有米莎拿著麵包不吃，看著大家吃麵包的樣子。

「妳不吃嗎？」

「我覺得有點捨不得吃。」

「我可以理解米莎的心情。我第一次吃熊熊麵包的時候，也覺得它有點可憐呢。」

「諾雅姊姊大人也是嗎？」

「可是，多吃幾次就能正常地吃了。」

習慣是很可怕的。

「對了，修莉以前看到熊熊的耳朵被撕下來的時候，還擺出快要哭出來的臉呢。」

「人家才沒有～」

修莉鼓起臉頰，然後津津有味地咬了一口熊熊麵包的臉部。

不，妳真的有那樣。

「總之，米莎也快吃吧。雖然看起來像熊臉，但還是好吃的麵包喔。」

「好的。」

米莎撕下熊熊麵包的耳朵，放進嘴裡。

「真好吃。」

吃了一口之後，米莎也開始享用其他部分。

順帶一提，我可不覺得自己的臉被吃掉了。因為我的臉不是熊嘛。

366 熊熊訂做新泳衣

吃過熊熊麵包之後，我和大家道別，前往雪莉工作的店。

一進到店裡，我便看到娜爾小姐和雪莉正在收拾東西的樣子。

「歡迎光臨？優奈姊姊？」

雪莉原以為走進店裡的我是客人，這麼打了招呼。

「抱歉在妳們忙著收拾的時候來打擾。」

「不會，沒關係的。」

「娜爾小姐，我可以借一下雪莉嗎？」

「現在沒什麼事，可以呀。」

「請問是昨天的泳衣不好嗎？」

雪莉露出遺憾的表情，這麼問道。

「不是啦，每一套都很棒。我今天是有事想拜託妳才會來的。」

「拜託我嗎？」

「因為要去密利拉鎮的人變多了，我想請妳也幫那些人做泳衣。所以我想請妳明天來我家一趟，可以嗎？」

「呃……」

雪莉望向娜爾小姐，好像是想取得她的同意。娜爾小姐微微一笑。

「可以呀，沒問題。」

「謝謝娜爾小姐。」

幸好娜爾小姐是個很親切的人。

順利約到雪莉之後，我走向熊熊屋時，突然有人叫著「優奈小姐」並抱住我。

「什麼！」

我確認是誰抱住了我，原來是希雅。

「希雅？為什麼妳會在這裡？」

希雅此刻就在我的眼前，況且她的身旁還有露麗娜小姐在。

我不懂這是什麼狀況。為什麼她們兩個人會在這裡呢？

而且，為什麼她們會在我的後面？

「呃，為什麼希雅會在克里莫尼亞？連露麗娜小姐也在。而且妳們為什麼會在我後面？」

無論如何，我說出心裡所有的疑問。

「我們在後面是因為看到優奈小姐走在路上。」

「那麼，為什麼妳會在克里莫尼亞？」

「因為我從王都過來了。」

「妳為什麼會從王都過來？」

「為了跟優奈小姐一起去密利拉鎮。」

「…………」

希雅若無其事地回答我的問題。不過克里夫沒有說過希雅也要一起去密利拉鎮的事。

「我有答應過妳嗎？」

「沒有啊。」

果然如此，我也記得沒有。

先前報告完運送水魔石的事之後，艾蕾羅拉小姐把我帶走了。我記得自己當時有提到要跟諾雅一起去海邊的事。可是，我記得希雅很羨慕，但沒有說要一起去。

「妳是學生吧？不用上學嗎？」

「現在正在放長假，所以我拖到現在才來。因為搭馬車來不及，我便騎馬趕來了。不過既然優奈小姐還在，就表示我趕上了吧。」

的確是趕上了。

「上次見面的時候，妳什麼都沒說吧。」

「優奈小姐回去之後，我便馬上收到諾雅寄來的信了。諾雅在信上寫說自己很期待去密利拉鎮看海的事，於是我就趁著學校放長假的期間，回到克里莫尼亞了。」

「艾蕾羅拉小姐該不會也來了吧？」

我左顧右盼，確認周圍。

「母親大人有工作，沒辦法回來。」

她不在啊，我稍微放心了。

如果艾蕾羅拉小姐也在，說不定會引起大麻煩。

總之，我知道希雅為什麼會在這裡了。

「那麼，希雅和露麗娜小姐為什麼會在一起？」

「那是因為我們剛好在王都，接下了護衛希雅的委託。」

露麗娜小姐本人回答了我的疑問。

據露麗娜小姐所說，她和基爾兩個人先前是去王都工作。然後，結束工作的露麗娜小姐和基爾正在尋找去克里莫尼亞的工作時，正巧遇到提出委託的希雅。

於是露麗娜小姐接下希雅的委託，護衛她來到克里莫尼亞。

不過，原來露麗娜小姐和基爾去了一趟王都啊，難怪他們過了這麼久才回來。

「後來，我跟露麗娜小姐一聊才發現她認識優奈小姐，嚇了我一跳。」

「因為克里莫尼亞的冒險者大多跟優奈不太熟嘛。」

應、應該沒有那回事吧？

我也有很多熟識的冒險者啊……應該吧。

傑德先生等人主要在王都工作，布里茨等人是四處漂泊的冒險者，瑪麗娜等人是錫林城的冒險者。跟我比較熟的當地冒險者就只有露麗娜小姐和基爾而已。

頂多再加上新人冒險者四人組。

我重新回想才發現，我在克里莫尼亞幾乎沒有跟別人組隊，或是一起承接委託，所以沒有什麼熟識的冒險者。

我曾跟露麗娜小姐一起接過委託，也拜託她擔任過店裡的護衛。在冒險者之中，她算是跟我比較親近的。

「來到克里莫尼亞的路上，我聽露麗娜小姐講了很多關於優奈小姐的事，聊得很開心呢。」

關於我的事是指什麼？暴露別人的隱私可不好喔。不過如果是露麗娜小姐對我的了解，克里夫應該也知道。這麼說來，就表示艾蕾羅拉小姐也知道。

「優奈小姐，聽說妳好像把露麗娜小姐的前隊友揍得鼻青臉腫呢。」

前隊友。

是啊，確實有這回事。真是令人懷念的回憶。

「還有，冒險者公會的故事也很有趣呢。」

該不會是血腥惡熊的事吧？我總覺得她們好像也聊了什麼我不知道的事。

晚點我一定要好好逼問露麗娜小姐到底說了什麼。

可是，現在必須拜託別的事，所以我決定以後再說。

「不過，幸好妳能趕上。」

「對啊，這也是多虧了露麗娜小姐和基爾先生。謝謝你們兩位。」

「話說回來，真羨慕妳們可以去海邊。反正我打算休假一陣子，我也去看看好了。」

「既然這樣，要不要跟我們一起去？」

「哎呀，我也可以一起去嗎？」

「我本來就打算邀請露麗娜小姐和基爾參加這次的旅行，所以有請冒險者公會在你們兩個人回到克里莫尼亞的時候轉告一聲，但你們一直都沒有回來。」

「抱歉。」

這也沒什麼好道歉的，但我就是忍不住唸了兩句。

「然而那是優奈的熟人一起參加的旅行吧？」

「成員大多是孤兒院的孩子和店裡的員工。如果是露麗娜小姐和基爾，孩子們和店裡的員工也都認識，沒問題的。」

他們兩個人在「熊熊的休憩小店」開幕時保護店面的安全，所以很受孩子們信賴。

「而且你們兩個人來參加，孩子們也會高興的。」

「呵呵，也對。姑且不論我，基爾確實很受男孩子歡迎。他雖然不多話，但還是很照顧人。」

基爾總是很有耐心，面無表情地和孩子們一起玩耍。

即使我沒有拜託他，他偶爾也會主動造訪孤兒院。

「對了，基爾沒有跟妳一起來嗎？」

「其實直到剛剛為止，我們都一起行動。我們中途看到優奈，說要追上去，基爾便說『我不想挨揍，妳們去就好』，然後跟我們道別了。」

我才不會揍人呢。他到底把我當成什麼人了？

不過，身材高大的基爾如果跟在我後面，我或許會察覺吧。

「所以，露麗娜小姐和基爾要不要也一起去？雖然沒有委託金，但我會提供住宿地點和三餐的。」

「住宿地點是那個很大的熊造型房子嗎？」

「妳知道？」

「去密利拉就一定會看到，所以大家都知道喔。嗯，沒問題，我們會去的。我會轉告基爾。」

順利找到護衛了。

「話說回來，妳們來得正好。明天我要替新加入的成員訂做泳衣，希雅和露麗娜小姐也來我家吧。」

「我自己有泳衣，但還是對新泳衣很好奇呢。」

「妳有嗎？」

「我去年到悠法麗亞的時候買的。我的體型應該沒什麼改變。」

露麗娜小姐稍微觸碰自己的身體。她的身材很成熟。等我到了露麗娜小姐這個年齡，應該就會有同樣的身材，不需要心急。

另外，雖然我也對泳衣很好奇，但她剛才提到了我沒聽過的地名。

「悠法麗亞是什麼地方？」

「優奈，妳不知道嗎？」

是的，因為我來自異世界，所以不知道。

「悠法麗亞又名水都，是一座有大片湖泊的城市。」

「那是一座非常美麗的城市，有錢人或貴族會在炎熱的季節去那裡避暑。」

綜合露麗娜小姐和希雅的說明，那似乎是一座圍繞湖泊而建的城市。

「我去年剛好有機會去那裡工作，泳衣就是在那個時候買的。」

原來還有那種城市啊，真想去一次看看。

不過，露麗娜小姐說她也想要新的泳衣，所以答應明天來我家拜訪。

367 熊熊挑選米莎和希雅的泳衣

現在熊熊屋內一片混亂。

諾雅陪著米莎一起來，再加上要護衛米莎去密利拉鎮的瑪麗娜與艾兒。除了她們之外，希雅從王都來了，露麗娜小姐也在。另外，要幫大家做泳衣的雪莉也在這裡。熊熊屋好久沒有聚集這麼多人了。

順帶一提，基爾還有在悠法麗亞城買的泳衣，似乎不想要新的泳衣。

「為什麼事情會變成這樣？」

「沒關係啦，瑪麗娜，妳就當作是護衛工作的一環吧。」

「護衛不需要泳衣吧。」

「優奈也說過了吧。孩子們在海邊玩耍，如果我們還打扮成這個樣子，他們也沒辦法好好放鬆吧。」

「是沒錯啦。」

「而且米莎娜大人都交代我們了，就乖乖認命吧。」

「好吧，我穿就是了。」

因為也要幫瑪麗娜做泳衣，我便拜託米莎請她們來。
看來瑪麗娜也跟我一樣不想穿泳衣。
「呵呵，冒險者彼此都很辛苦呢。」
露麗娜小姐聽到瑪麗娜與艾兒的對話，向她們這麼搭話。
「我記得妳是……」
「我是露麗娜，算是優奈熟識的冒險者吧？這次我會擔任孩子們的護衛，所以也能參加這趟旅行。」
我有把邀請露麗娜小姐和基爾的理由告訴他們。
「妳好，我是瑪麗娜，她是艾兒。」
「請多指教。」
冒險者之間多多交流是好事。
我望向諾雅、米莎和希雅，她們三個人正看著我畫在紙上的泳衣插畫，挑選要請雪莉做的泳衣。
「每一套都很可愛呢。」
「姊姊大人不是有在學校使用的泳衣嗎？應該不需要吧。」
「在學校穿的泳衣很樸素，不太可愛嘛。大家都是請雪莉做的吧。既然這樣，我也想請她

做。」

「米莎要選哪一套呢？我選了這一套。」

「菲娜選了哪一套呢？」

「我記得菲娜選的是這一套。」

「那套也很可愛呢，真令人猶豫。」

諾雅等人似乎很樂在其中。她們之中只有一個人坐立難安，那就是雪莉。

一得知自己要幫米莎和希雅這兩位貴族做泳衣，她便緊張得不得了。

「妳不是不怕諾雅嗎？」

「因為我有跟諾雅兒大人說過幾次話。」

無論如何，要先測量尺寸才能進行下一步，於是我請雪莉幫每個人測量身體的尺寸。

「米莎，妳去那邊的房間請雪莉幫妳量身體的尺寸吧。」

「好的，我知道了。雪莉，麻煩妳了。」

「啊，是。我才是，請您多多包涵。」

知道米莎是貴族的雪莉非常緊張。

「別擔心，米莎是個很親切的女孩子。」

「優奈姊姊，可以請妳跟我一起來嗎？」

雪莉看著米莎，然後又看著瑪麗娜和露麗娜小姐。

一個人面對貴族和冒險者，雪莉恐怕很不安吧，所以我答應了她。

我帶著米莎和雪莉移動到隔壁房間。雖說是房間，其實是浴室的更衣間。這裡有放衣服的籃子，所以很適合量尺寸。

「那麼，米莎娜大人，可以請您脫掉衣服，讓我量一下身體的尺寸嗎？」

「在自己家以外的地方脫衣服，感覺有點害羞呢。」

「快脫吧，瑪麗娜她們也在等著測量呢。」

「好的。」

米莎有點害羞地脫掉衣服，放進籃子裡。於是，現在的她只穿著內衣。

「那麼，我要開始量了。」

雪莉拿出布尺，就跟以前量我的身體尺寸一樣，開始量起米莎的身體尺寸。

雖然米莎不久前也滿十歲了，但跟菲娜和諾雅比起來，體型卻稍微小了一點。不過，米莎仍在發育期，今後還會繼續長大。

「好，量好了。」

「謝謝妳。」

米莎道謝，然後穿上衣服。

「出去之後，妳叫希雅來吧。」

「我明白了。」

米莎走出更衣間，隨後換希雅進來了。

「抱歉是在更衣間量。」

「沒關係。那麼，把衣服脫掉就可以了吧。」

希雅脫掉衣服。她的胸部豐滿得不像是跟我同齡，腹部也很緊實。我脫掉熊熊玩偶手套，觸摸希雅的肚子和上手臂。

「優奈小姐，妳在做什麼！」

「沒有啦，我只是很羨慕妳的身材。」

我的身體該怎麼形容呢？就是軟趴趴的。

「我有聽母親大人的話，平常會注意飲食，在學校也會活動身體。」

「艾蕾羅拉小姐是個美女，妳的未來應該不必擔心了。」

真是令人羨慕。

於是，希雅的尺寸也順利測量完畢了。

繼希雅之後，輪到瑪麗娜與艾兒測量尺寸。瑪麗娜的尺寸很普通，但艾兒很大。那簡直不是人的尺寸。我覺得她應該分一點給貧乏的人。

真希望我有吸收的技能。

「優奈，妳可以不要一直盯著看嗎？」

艾兒一臉害羞地遮住，肉卻從手裡溢出來了。

「我可以拔下來嗎？」

我讓熊熊玩偶手套的嘴巴開開闔闔。熊熊玩偶手套應該拔得下來。

「當然不行！」

艾兒乾脆就穿超迷你的三點式比基尼好了。那對巨乳是我的敵人，我詛咒她不小心走光。

最後輪到露麗娜小姐。

露麗娜小姐的身材非常勻稱。雖然胸部很普通，該苗條的地方卻都很苗條。

「露麗娜小姐好漂亮。」

「什麼啦，就算誇我也沒好處喔。」

這是因為冒險者經常活動身體嗎？

瑪麗娜也因為揮劍，肌肉比例剛剛好。身為魔法師的艾兒可能是缺乏運動，脂肪都集中堆積在同一個地方。

可是，同樣身為魔法師的露麗娜小姐沒有什麼脂肪，讓我頗有好感。

「優奈，我們真的不用付錢嗎？」

大家有問到泳衣的價格，但我婉拒了。

「如果向別人正式訂做，一般來說也要付一筆不小的金額呢。」

「不必放在心上啦。」

布料是別人送我的東西，一直閒置在熊熊箱裡。而且我雖然想付錢給做泳衣的雪莉，娜爾小姐和雪莉卻說「這樣剛好可以讓雪莉練習」、「我也可以一起參加旅行」，拒絕了我。

所以，我並沒有花到錢。

聽說那些布料好像很值錢，但我並不在意。

「相對地，只要妳們幫忙看著孩子們，我就輕鬆多了。」

「嗯，我會好好照顧他們的。」

把所有人的身體尺寸寫在紙上之後，雪莉詢問大家想要的泳衣款式，結束做泳衣的準備工作。

「來得及嗎？」

兩天後就要出發了。

「是，沒問題。萬一來不及，我會請泰摩卡先生幫忙的。」

雪莉為了做泳衣，立刻趕回店裡。

這次給雪莉添了很多麻煩呢。我很想答謝她，有什麼好方法呢？

基於希雅的要求，我們連續兩天都光顧「熊熊的休憩小店」。

包。

看到店門口的熊熊石像，不只是希雅，連瑪麗娜和艾兒都很驚訝，大家還一起吃了熊熊麵包。

這次我也為了表達反抗，一個人吃了不同的麵包。

367 熊熊挑選米莎和希雅的泳衣

368 熊熊拜訪葛蘭先生

我在「熊熊的休憩小店」跟大家一起開心地聊天、享用麵包，然後一個人去諾雅家拜訪葛蘭先生。

一到宅邸，我對菈菈小姐說自己想見葛蘭先生，她便替我帶路。

我走進房間時，葛蘭先生正在跟克里夫交談。

「我是不是打擾到你們了？」

「沒關係，我們只是稍微談了一下關於工作的事。如果不方便，我也不會請妳進來。」

克里夫這麼回答。

「葛蘭先生，好久不見。」

「小姑娘，抱歉，其實我應該主動去打招呼的，但克里夫就是不放我走。」

「別怪到我頭上，是葛蘭老爺突然帶工作來的吧。」

據葛蘭先生所說，他似乎是為了把密利拉鎮的產品正式引進錫林城，才會來找克里夫商量的。

不過，這其實是藉口，米莎好像才是真正的原因。

「我會好好照顧米莎的，不用擔心。」

「我想妳應該也聽說了，瑪麗娜和艾兒也會去，妳就儘管吩咐她們吧。」

「嗯，我打算請她們看著其他孩子們。」

雖然我已經邀請露麗娜小姐和基爾，但能看著孩子們的大人愈多愈好。

「另外，我也要向妳道歉。」

「道歉？」

「我家的笨女兒突然跑過來，真的很抱歉。」

克里夫向我道歉。

「你是指希雅嗎？」

「是啊，她沒有聯絡我就突然跑來，而且還說要跟你們一起去海邊，給妳添麻煩了。」

「多一個人也沒關係啦。」

事到如今，多一個人只不過是誤差範圍。

「就跟諾雅一樣，如果她太任性，妳儘管罵她。」

「是啊，如果我家的米莎也太任性，妳就一起罵她吧。只要是妳說的話，她應該會聽的。」

連葛蘭先生都這麼說。

「我又不是她們的老師。」

「要去密利拉鎮的成員之中，能罵她們三個的人就只有妳了，這也沒辦法。如果她們也不聽

妳說的話，就把她們趕回克里莫尼亞吧。到時候由我來罵她們。」

「這個嘛，我不覺得她們會任性到不聽我的話。但真的那樣的話，我會把她們送回克里莫尼亞的。」

「嗯，沒問題。」

接著，我們閒聊了一陣子之後，我離開房間去拜訪露法小姐。

我聽說露法小姐也一起來了，於是決定去打個招呼。

我還以為她會跟米莎一起去海邊，但她是陪著葛蘭先生來的，所以不能離開葛蘭先生身邊。

經歷那種事，她應該很辛苦，但她現在偶爾會笑了，讓我稍微感到安心。

這或許也是多虧了葛蘭先生吧。

後來，向葛蘭先生與克里夫打過招呼的我一個人來到城外。

要去密利拉鎮的人數變多，使一開始做的熊巴士變得有點狹窄。沒有什麼事比搭乘狹窄的交通工具還要難受的了。如果移動過程太累，難得去海邊也無法盡情地玩。因此，我決定改良熊巴士。

可是，我已經在裡面放了坐墊，還做了冰箱，所以不想更改太多地方。經過一番思考，我想到迷你熊巴士。

只要不距離太遠，我便能操縱土偶。我和毒蠍戰鬥的時候就證明了這一點。

而且，這也算是堤露米娜小姐一家人的家族旅行，所以我想在大型的熊巴士之外再準備可以讓家人單獨相處的空間。

另外還有諾雅等人。倘若和瑪麗娜與艾兒、希雅與米莎等陌生人一起坐車，孩子們可能會嚇到。

總之為了保險起見，我做出熊緩與熊急造型的迷你巴士，應付人數增加的情況。這是黑色的迷你熊巴士與白色的迷你熊巴士，大約可以承載九個人左右。我同樣加裝了冰箱，在裡面放飲料。

我只是試著做做看，沒想到能做出這麼可愛的迷你熊巴士。因為最近老是在想像熊的造型，我做得愈來愈快了。

身為使用魔法的人，這是一件值得高興的事，但我總覺得連自己的內心都漸漸被熊侵蝕了。深入思考這種事就讓我覺得有點恐怖，所以我決定停止思考。

無論如何，萬一人數突然增加，這樣就有多餘的空間可以容納了。我把熊緩巴士和熊急巴士收進熊熊箱。

隔天，為了因應明天的出發，我開始四處巡迴。

餐廳從今天就開始休假，所以我要去回收多餘的食材。多餘的食材不使用便會腐敗，因此我要帶去密利拉鎮使用。

我拜訪「熊熊的休憩小店」時，莫琳小姐正在準備明天的早餐和午餐。

「莫琳小姐，今天明明是假日，不好意思。」

「這比平常做的數量少多了。」

話雖如此，平時會來幫忙的孩子們今天不在，只有莫琳小姐和卡琳小姐兩個人正在做麵包。

涅琳為了艾蕾娜小姐，正在替「熊熊的休憩小店」之外唯一有在販售蛋糕的旅館做蛋糕。

因為明天就要出發了，她好像要多做一些。

我請大家不要太勉強自己，收下剩餘的食材後離開了店面。

接著，我去安絲的店「熊熊食堂」拿食材，看到賽諾小姐等人開心的樣子。

「優奈，歡迎光臨。」

「今天有什麼事嗎？」

「妳來吃午餐嗎？」

「不是啦，我是來回收食材的。」

「優奈小姐，我們已經把多餘的食材集中起來了，麻煩妳。」

多餘的食材已經放進箱子裡，於是我把食材收進熊熊箱。

「妳們在做什麼？」

「我們正在準備明天的東西。」

安絲這麼答道。這段期間，賽諾小姐等人也正在收拾行李。

「伴手禮已經買了，應該沒有忘記什麼吧。」

「沒有。」

「可是，要小心別忘了帶喔。」

看來她們真的不介意回密利拉鎮。

她們回到密利拉鎮之後，搞不好會想要辭掉店裡的工作，留在密利拉鎮。說來說去，故鄉還是最好的地方。

到時候我會感到遺憾，但並不打算慰留她們。要住在什麼地方是她們的自由，身為外人的我沒有資格擅自決定。

不過可以的話，我還是希望她們能留在克里莫尼亞。

到「熊熊食堂」回收多餘食材之後，我接著前往孤兒院巡視，這時商業公會派來照顧鳥兒的人已經來了，正在跟孩子們一起工作。幸好他們有按照約定前來。

如此一來，便能放心去密利拉鎮了。

我很感謝去商業公會找幫手的堤露米娜小姐，以及借人手給我們的米蕾奴小姐。

據說米蕾奴小姐也很想一起去密利拉鎮，可是她不能離開商業公會太多天，所以沒能同行。

身為公會會長還真是辛苦。

不過，因為我常常受她照顧，如果她說想去的話，我也打算帶她去，真是遺憾。我真的很遺憾。嗯，很遺憾。

接著，我詢問院長、莉滋小姐和妮芙小姐，確認大家都已經準備好了。

院長一開始好像說過要獨自留在孤兒院，但經過堤露米娜小姐、莉滋小姐與孩子們的說服，她總算願意一起去了。

聽說有好幾個孩子都說「如果院長不去，我也不去」，所以院長才終於被說動。即使是院長，聽到孩子們這麼說也只好去了。

說來說去，孩子們還是很需要院長的。

然後，我接下來要拜訪趕著做泳衣的雪莉。

我走進裁縫店，看到雪莉和泰摩卡先生正在做泳衣。

「雪莉，來得及嗎？」

「是，沒問題。今天就可以做完了。」

「真的嗎？妳不可以熬夜喔。」

米莎、瑪麗娜、艾兒的泳衣已經完成了，好像還剩下希雅與露麗娜小姐的份。

希雅與露麗娜小姐的泳衣似乎也已經做好一半，我想雪莉應該沒有在說謊。

「優奈，別擔心。我也會幫忙做完，請雪莉送去孤兒院的。」

泰摩卡先生向我保證。

無論如何，我待在這裡也只會礙事，所以離開了裁縫店。

我最後到菲娜家露臉，確認根茲先生真的可以參加旅行。

我聽說他這陣子都沒有休假，幸好能參加。

為了幫他消除疲勞，我留了一點神聖樹茶葉給他。

大家都很期待旅行，真是太好了。

我好像給雪莉添了最多的麻煩。

下次一定要好好答謝她才行。

明天還要早起，所以我設定了熊緩鬧鐘與熊急鬧鐘，早早上床睡覺。

369 熊熊前往集合地點（第一天）

日出前不久，我被熊緩和熊急叫醒。

「熊緩、熊急，早安。」

我向叫醒我的熊緩和熊急道謝，然後下床。

我還很睏。雖然昨天很早就寢，這個時段還是讓人昏昏欲睡。

不過，朝密利拉鎮出發的日子終於到了。

我洗了臉，讓自己清醒，然後穿著白熊服裝走到外頭。小熊化的熊緩和熊急緊跟在我身後。

我並不是忘了換衣服。熊巴士要使用我的魔力來驅動。如果只是用普通的速度慢慢行駛，穿著黑熊服裝就夠了，但若要長時間且快速地行駛，便會消耗大量的魔力。所以為求謹慎，我決定穿著白熊服裝。

我想避免中途換衣服的情形，所以打從一開始就穿著白熊服裝。至於熊緩和熊急，我打算請牠們兩個負責戒備周遭。

頻頻用探測技能確認就太麻煩了，所以我把這件事交給熊緩和熊急。

我來到入口大門集合時，諾雅、米莎、希雅、瑪麗娜、艾兒等貴族組的人已經到了。

「優奈小姐，早安。還有熊緩和熊急，早安。」

諾雅抱起小熊化的熊緩。跟她在一起的米莎也打了招呼，然後抱起熊急。

「對了，優奈小姐，妳這身打扮是？」

「優奈姊姊大人，白色的裝扮也好可愛喔。」

「這是熊急的造型嗎？」

「…………」

諾雅、米莎、希雅，以及瑪麗娜與艾兒都對我的打扮表示驚訝。我平常都穿著黑熊服裝，也難怪她們會對我的白熊服裝感到驚訝了。

「這個嘛，因為一點理由，希望大家不要放在心上。」

「平常的熊緩造型很可愛，但熊急造型也很可愛呢。」

「那個……謝謝誇獎。」

大家果然都把黑熊當作熊緩，把白熊當作熊急了。

我們正在對話時，有人從後面呼喚我了。

「啊，優奈姊姊是白色的。」

「真的耶。」

我回過頭，看到修莉和菲娜朝我跑來。然後，修莉抱住了我。

「修莉、菲娜，早安。」

「早安。」

「為什麼優奈姊姊是白色的？」

「我今天想變成熊急。」

我這麼一說，米莎懷裡的熊急便高興地叫了一聲。也對，因為我平常出門在外都是穿黑熊服裝，牠或許很高興吧。

「熊緩、熊急，早安。」

修莉對諾雅與米莎懷裡的熊緩和熊急打招呼。修莉一大早就精神飽滿。我還以為她會很睏，結果很睏的人卻是站在姊妹倆身後的堤露米娜小姐和根茲先生。

「堤露米娜小姐和根茲先生好像很睏呢。」

「畢竟現在是我們平常睡覺的時間嘛。女兒們這麼有精神，我反而覺得不可思議呢。」

堤露米娜小姐這麼說，根茲先生則是邊打呵欠邊點頭。然後，他看到我的打扮，好像想說些什麼，卻還是閉上嘴巴。

成熟大人的應對方式令我感激不已。

「人還沒有到齊呢。」

孤兒院的孩子們、莫琳小姐等「熊熊的休憩小店」的員工、安絲等來自密利拉的成員都還沒有來。另外還有擔任護衛的露麗娜小姐與基爾。

總之，我移動到不會擋路的地方。

「這附近應該可以吧。」

我從熊熊箱裡拿出熊巴士和兩輛迷你熊巴士。

這個瞬間，除了知道熊巴士的菲娜和修莉以外，大家都很驚訝。

「這、這是什麼東西！」

「是熊熊耶。」

「熊？」

諾雅、米莎與希雅奔向熊巴士。

「這下我完全醒了。」

「嗯，對呀。」

瑪麗娜與艾兒原本還很睏，卻一瞬間就清醒了。堤露米娜小姐和根茲先生好像也一樣，正目瞪口呆地望著熊巴士。

「優奈姊姊，後面的小熊是什麼？」

菲娜看著迷你熊巴士這麼說。

因為是昨天做的，菲娜和修莉也不知道迷你熊巴士的事。

「因為人變多，所以我做了新的。」

「優奈小姐，這東西要怎麼動呢？該不會是要請熊緩和熊急來拉吧？」

諾雅提出疑問。

大家果然是這麼想的。

諾雅和米莎懷裡的熊緩與熊急發出「「咿～」」的叫聲，否認這個說法。

「不是啦，是要靠我的魔力來操縱。諾雅妳們也知道吧。我們一起去王都的路上，我就是用這種方法運送盜賊的。」

「啊，對喔。當時是把盜賊關進籠子，再用魔法做成的熊熊拉動的。」

「就跟那個方法一樣。」

知道我怎麼運送盜賊去王都的諾雅等人立刻就理解了。

「真的可以靠魔力來操縱嗎？」

現場只有希雅沒見過，所以她似乎難以理解。

「姊姊大人，沒問題的。就算載著幾十個人，優奈小姐也能操縱。」

實際見過的諾雅自信滿滿地答道。

「那麼，優奈小姐，我們應該搭哪隻熊熊呢？」

諾雅交互看著大型的熊巴士和小型的熊巴士。

「妳可以自由選擇，但比較大的那一輛主要是給孤兒院的孩子搭的。」

「我很想搭大熊熊，但也想搭小熊熊呢。到底要搭哪一輛，我選不出來。而且，小熊熊是熊緩色和熊急色呢。」

迷你巴士的顏色分別是黑色和白色。

「米莎和菲娜覺得呢？」

「只要是跟諾雅姊姊大人一起，我搭哪一輛都可以。」

「只要是跟修莉一起，我都可以。」

修莉本人正在熊巴士周圍跑來跑去。

「這個嘛，途中可以交換，而且回程也要搭，所以妳們可以每一輛都搭搭看。」

「說得也是。總而言之，在其他人來之前，我們先確認看看吧。」

諾雅帶著米莎等人，一下子搭熊巴士，一下子搭小熊巴士，玩得很開心。一大清早的，她們還真有精神。

我們看著孩子們，這時堤露米娜小姐對我說道：

「我有聽女兒們說過，原來真的是熊呀。」

「聽菲娜和修莉提起的時候，我還以為是馬車的形狀像熊，結果跟我想像的不一樣。妳還是老樣子，總是有驚人之舉。」

根茲先生傻眼地看著熊巴士這麼說。

「可是，比較小的熊要怎麼動？優奈，妳會搭比較大的熊吧？」

大熊巴士和小熊巴士並沒有相連，堤露米娜小姐會有這個疑問也很正常。

「就算稍微離遠一點，還是能用我的魔力操縱，沒問題的。」

能用魔力操縱的範圍並沒有那麼寬廣。要是距離太遠，魔力傳遞不到，我就無法操縱了。這次大熊巴士和小熊巴士不會距離太遠，所以沒問題。

「優奈還是一樣，總是若無其事地做出一些令人難以置信的事呢。」

因為我會盡量避免和其他冒險者交流，所以直到現在還是不太懂什麼程度的行為才算是普通。

「所以，我們該搭哪一輛？」

「你們可以和菲娜她們一起，全家人都搭比較小的一輛。」

我就是為此才準備小熊巴士的。

迷你巴士最多能承載九個人，就算只坐四個人也沒關係。

「所以，你們就跟菲娜和修莉討論吧。」

「我知道了。謝謝妳這麼貼心，優奈。」

堤露米娜小姐和根茲先生走向正在看熊巴士的菲娜與修莉。

過了一陣子，孤兒院的孩子們以及莉滋小姐、院長、妮芙小姐也來了。

有些孩子看起來很睏，也有些孩子互相牽著手，免得走散。

「啊，優奈姊姊是白色的耶。」

「真的耶，是白色的熊熊。」

大家果然都對這一點有反應。

孩子們朝我跑來。

「大家早安。」

「早安。」

因為我很少以白熊裝扮出現在別人面前，所以大家果然都很意外。

我想起第一次穿著熊熊布偶裝上街的感覺，不禁覺得有點害臊。

這也就表示我已經習慣了黑熊裝扮。

習慣真是可怕。

「大姊姊，那些熊熊是什麼？」

孩子們都看著熊巴士。

「那是代替馬車的東西。我們要搭這個去密利拉鎮。」

我這麼一說，孩子們的焦點便從我轉移到熊巴士上。

「哇啊，是大熊熊耶。」

「好大喔。」

孩子們看著熊巴士吵吵鬧鬧。

他們紛紛觸碰熊巴士，原本很睏的孩子看到熊巴士也醒了。孩子們都在熊巴士的周圍跑來跑去。

「大家都搭上大熊熊吧，你們可以選喜歡的位子坐。不過，最前端和最後端不可以坐喔。還有，搭車時不要吵鬧，要好好相處喔。」

「好～」

「小的熊熊不能搭嗎？」

「因為院長、莉滋小姐和妮芙小姐也要和你們一起搭，所以小朋友就搭大熊熊吧。」

可以的話，我希望孤兒院的孩子們可以搭同一輛熊巴士。小熊巴士載不下所有人，所以我要請他們搭乘大熊巴士。

「呃，優奈小姐，我們也要搭這個嗎？」

莉滋小姐看著熊巴士，露出疑惑的表情。

「雖然外表有點那個，但它們比馬車更快，也更寬敞喔。莉滋小姐等大人就坐在最後面的位子吧。」

為了讓院長和老師坐得舒適，最後面的位子做得比較寬敞。

「好的，大家快上車吧。」

「好～」

「最前面是我的位子，大家從我後面開始坐吧。」

孩子們一面回應，一面搭上熊巴士。院長和老師也帶著還很睏的孩子，一起搭上熊巴士。

「我要坐這裡。」

「那我坐這裡。」

「啊，我本來想坐那裡的耶。」

孩子們開始在熊巴士上搶位子。

「小朋友，我們不是約好不能給優奈小姐添麻煩嗎？大家要安靜地坐車喔。」

院長這麼告誡，孩子們便乖乖聽話。

真不愧是院長。

請院長一起來果然是正確的決定。

370 熊熊駕駛熊巴士（第一天）

院長等人在車上分配位子的時候，露麗娜小姐和基爾來了。

「優奈，早安。」

「兩位，今天要麻煩你們了。」

「嗯，沒問題，不過這是什麼？」

「熊熊土偶馬車。」

我覺得對身為冒險者的兩人這麼說明比較快，於是如此答道。

「土偶馬車？是妳要用魔力來操縱嗎？」

「是啊。」

「妳說得倒簡單。普通人光是要做土偶就很困難了，妳竟然要操縱這麼大的東西。」

露麗娜小姐難以置信地看著我和熊巴士。

對了，瑪麗娜等人知道我做過大型熊熊土偶的事，但露麗娜小姐不知道。

「可是，既然妳的魔力足以打倒黑蝰蛇和哥布林王，或許辦得到吧？」

「沒問題的。」

我有把盜賊關在籠子裡運送的經驗。唯一的問題在於速度的不同。

「不過，妳還是老樣子，做什麼都是熊。」

我也沒辦法。熊很容易想像，做同樣的東西時也能節省魔力。而且跟熊熊屋一樣，強度會變高。做成熊造型的好處太多了，我沒有理由不做。只要我委屈一點，孩子們的安全就能獲得保障。

「所以，我們要搭哪一輛呢？」

「我想請你們看著孩子，所以請搭比較大的那一輛吧。」

熊巴士上的孩子正在呼喚他們兩個人。

「快去吧，大家都在叫你們了。」

露麗娜小姐和基爾按照我的建議，搭上大熊巴士。

兩人一搭上熊巴士，孩子們便發出高興的歡呼。

第一次開店的時候，我有請他們兩個人擔任護衛。因為如此，在店裡工作的孩子都很喜歡他們。

「所以諾雅，妳們決定要搭哪一輛了嗎？」

我詢問還沒有搭上熊巴士的諾雅等人。

「妳們再不決定，我就隨便分配了喔。」

「不，我們決定好了。考慮到菲娜一家人要搭同一輛車，我們決定輪流搭。」

諾雅等人好像要先搭熊緩巴士，菲娜一家人則搭大熊巴士。

然後，大家會在中途互換。

「菲娜、修莉，熊熊就交給妳們了。可是要輪流喔。」

諾雅使勁一指。

剛才由諾雅和希雅抱著的熊緩和熊急，現在輪到菲娜和修莉抱著了。

看來她們決定要輪流抱熊緩和熊急。

不過我覺得有種既視感，是我的錯覺嗎？過去好像也發生過同樣的事吧。然而諾雅以前總是寸步不讓，現在好像也有所成長了。

還是她想好好遵守克里夫說過的話呢？無論如何，既然她們不會互搶熊緩與熊急，我便放心了。

諾雅等人搭上熊緩巴士。

諾雅、米莎與希雅等三個人坐在第一排。

「優奈，既然沒有人要坐後面，我可以把行李放在這裡嗎？」

「可以啊。」

瑪麗娜與艾兒把少量的行李放在最後方，然後在第二排坐下。

接下來就只剩安絲與莫琳小姐等人了。

我正覺得她們有點慢的時候，便看到安絲等人的身影了。

「嗚嗚，好睏喔。」

賽諾小姐打了個大呵欠。

「我也好睏。」

安絲點頭贊同賽諾小姐說的話。

「優奈是白色的耶，我在作夢嗎？」

我還以為她醒了，竟然還在說夢話。

「我今天穿白色。然而不接受針對這一點的提問。」

我已經懶得說明了。

「對了，這是什麼？馬車呢？」

大家看到熊巴士，然後又左顧右盼。

安絲與莫琳小姐等人看著熊巴士。

我已經說明好幾次了。因為嫌麻煩，我只作了簡單的說明。

「我們要搭這個去密利拉鎮。安絲，妳們就搭那邊的白熊吧。」

我指著熊急巴士。

安絲、賽諾小姐、弗爾妮小姐、貝朵小姐都露出疑惑的表情。

「優奈，這個會動嗎？」

「靠我的魔力就能操縱。」

我大致說明，請安絲等人搭上小熊巴士。

四個人都上車後，最後的三個人來了。

「很抱歉這麼晚來，我們忙著烤麵包就遲到了。」

雖然我知道她們要準備早餐，但原來她們從一大早就開始烤麵包了。

「謝謝妳們。」

「優奈小姐，我是第一次去海邊，很期待呢。」

「我也沒有去過。」

卡琳小姐和涅琳在莫琳小姐旁邊高興地說道。她們倆的年齡相近，而且又是親戚，所以經常能看到她們相處融洽的樣子。

「對了，優奈，這些可愛的熊是什麼？大家都坐在上面呢。」

「這是類似馬車的東西。」

「但前面好像沒有馬耶。」

大家都有注意到這一點。

雖然很麻煩，我依舊說明了同樣的事，請莫琳小姐等人跟安絲等人一樣，搭上熊急巴士。

「大家要分開搭車呀。那麼，早餐的麵包就先分一分吧。」

莫琳小姐從籃子裡取出一部分的麵包，分給搭乘熊緩巴士與熊急巴士的人，接著把剩下的麵包交給我。

「剩下的就給其他人吃吧。」

「謝謝妳。」

我道謝並收下麵包，然後開始向所有人進行熊巴士的解說。

熊巴士上配備了冰箱，裡面裝著飲料，大家可以自由取用。行駛時可能會加快速度，請大家不要驚慌。早餐是吃莫琳小姐做的麵包，可以在搭乘熊巴士的時候享用。我說明這些簡單的注意事項。如果有緊急情況要聯絡，可以用裝在熊眼睛上的光魔石來發出閃爍的信號。

我在熊的眼睛處裝了光魔石。隧道裡面或許是一片漆黑，而且如果遇上什麼麻煩，我們也有可能要在夜間行駛。

即使不會用上，多一層保障總是比較好。

我這麼說明，諾雅就突然點亮了熊緩巴士的眼睛。

「諾雅，妳要是再惡作劇，我就要丟下妳了喔。」

「不、不是的，我只是想測試它會不會發光而已。要是沒有發光，遇到緊急狀況時不就傷腦筋了嗎？」

諾雅這麼辯解。不過她說的也沒錯。

「可是正在行駛的時候，如果妳沒事還亂用，我會生氣喔。」

「我知道。」

只要好好溝通，諾雅也會遵守約定，所以我想應該沒問題。

「那麼，我們要出發了。」

大熊巴士載著孤兒院的孩子們、院長與老師，還有露麗娜小姐與基爾，以及菲娜一家人。熊緩巴士載著諾雅、希雅、米莎與擔任護衛的瑪麗娜與艾兒等五個人。熊急巴士載著餐廳的七位工作人員。我向大家宣布出發，然後搭上大熊巴士，坐到駕駛座上。菲娜與修莉抱著熊緩和熊急，坐在我的旁邊。

我握住方向盤，灌注魔力，啟動熊巴士。

熊巴士一前進，孩子們便開始吵吵鬧鬧。

「有些小朋友還在睡覺，不要太吵喔。」

我朝後方這麼說，孩子們便回應「好」、「嗯」，然後安靜下來。真是一群乖巧的孩子。不過，孩子們高興地小聲說著「好厲害」、「真的會動耶」的聲音傳進我耳裡，讓我不禁微笑。其中可能有些孩子連馬車都沒搭過。既然如此，他們會這麼興奮也沒辦法。

熊緩巴士和熊急巴士也確實跟在我們後面。

我從這裡就能聽見諾雅等人喧鬧的聲音。

我駕駛著熊巴士緩緩向前奔馳。雖說是奔馳，速度也只比馬車稍快一點。

然而坐在我旁邊的修莉似乎不太滿意。

「優奈姊姊，這樣好慢喔。不能像上次一樣跑快一點嗎？」

「別急嘛，一開始要慢慢來。」

上次的目的是實驗。況且這次的乘客很多，我不能隨便亂來。不過，我會視時間和孩子們的狀況，決定是否加速。

我駕駛著熊巴士，太陽便漸漸升起。我拿出莫琳小姐做的麵包，遞給菲娜。

「莫琳小姐幫大家做了早餐，拿去發給大家吧。」

「好的。」

「我也要幫忙～」

「那麼，那邊有冰箱，修莉就去發飲料給大家吧。」

我指著駕駛座後方的冰箱。冰箱裡面放著歐蓮果汁、牛奶和水等飲料。

「車子還在動，妳們兩個要小心喔。」

菲娜和修莉把熊緩與熊急放到椅子上，開始發放麵包和飲料。她們正在發東西的時候，我盡量保持安全駕駛。

我也拿了一個麵包，放到嘴裡。話說回來，我其實也跟修莉有同感，覺得速度很慢。我總是忍不住以熊緩和熊急為基準，所以這種速度無法滿足我。

反正魔力還很充足，等大家吃完早餐就加快速度好了。

吃完早餐後，孩子們因為早起，全都睡著了。

坐在我旁邊的修莉也抱著熊急打起瞌睡。這個時間對小孩子來說果然太早了。我看了睡著的修莉一眼，發現她的口水快要滴到坐在她腿上的熊急頭上了。

可是，熊急也閉著眼睛睡覺，不知道有口水即將從頭上滴下來。

熊急陷入危機。

我正要幫修莉擦口水的時候——

「優奈姊姊，不好意思擋到妳。」

坐在另一邊的菲娜伸出手，用手帕擦拭修莉的嘴巴。看來熊急成功躲過口水了。

話說回來，菲娜對妹妹的觀察很細微呢。修莉沒發現自己被擦了嘴巴，繼續睡覺。

反正大家都睡著了，所以我灌注魔力，提高車輪的迴轉速度。熊巴士開始加速，兩輛迷你熊巴士也確實跟上來了。過程很順利。多虧白熊服裝，魔力沒有什麼減少的跡象。

熊巴士以高於馬車的速度行駛著。在隧道禁止通行之前，應該很快就能抵達了。

真要說有什麼問題的話，頂多是我覺得很睏。睡得香甜的呼吸聲從後方和旁邊傳來。我也好想睡覺。平常我都可以在熊緩和熊急的背上睡覺，但我不能在睡覺的同時操縱沒有自動駕駛功能的熊巴士，也不能叫熊緩和熊急幫我開車。真沒想到我才這個年紀就能體會長途司機的心情了。

我忍著睡意駕駛熊巴士。我已經拜託熊緩和熊急幫忙探測魔物。既然熊緩和熊急沒有反應，

就表示這附近沒有魔物。

雖然我並不希望有魔物來消除我的睡意，還是覺得很無聊。

「菲娜，我好睏，妳跟我說說話吧。」

「說話嗎？要說什麼呢？」

「說什麼都可以。」

只要跟別人對話，應該就不會想睡了。

「呃，爸爸和媽媽都很感謝優奈姊姊。因為很少有這種機會，所以他們很高興。」

經過一番煩惱，菲娜開始說起父母的事。

她提到根茲先生有多麼辛苦才得到休假，堤露米娜小姐還說我「總是不按牌理出牌」，讓她大傷腦筋。

我的行為有那麼不按牌理出牌嗎？我並沒有那個意思。

「可是，媽媽總是很高興地做著優奈姊姊交代的事。」

然後，菲娜提到她跟諾雅與米莎一起玩的事，以及孤兒院的孩子們有多麼高興的事。聽說院長其實也很期待的時候，我覺得很高興。

我一定要讓大家玩得開心，回應他們的期待。

多虧菲娜跟我聊天，我已經不覺得睏，熊巴士也行駛得很順利。然後，差不多到了吃午餐的休息時間。

「各位，休息時間到了。我們要下車吃午餐，把還在睡覺的孩子叫醒吧。」

醒著的孩子叫醒睡著的孩子。我走下熊巴士，伸展上半身。

我請菲娜和修莉去通知搭乘熊緩與熊急巴士的人，休息時間到了。

孩子們走下熊巴士，還有人到處奔跑。莉滋小姐大喊，叫他們停下來。

真是和平。

我正在悠閒地休息時，艾兒和露麗娜小姐來了。

「優奈，妳還好嗎？」

「怎麼這麼問？」

「我是說魔力啦。妳一直操縱這麼大的土偶，如果是普通人，魔力早就耗盡了。」

身為魔法師的艾兒和露麗娜小姐表示擔心。

「我沒事啦，因為我的魔力比普通人還要多。」

這是神給我的能力。

如果我待在原本的世界時就有魔力的話，那也挺有趣的。

「妳真的沒有勉強自己吧。」

「沒有喔。」

「那就好。妳真的不可以勉強喔。」

因為她們兩個人是魔法師，很清楚過度使用魔力有多麼累人。我想起對付克拉肯的時候，我

因為耗盡魔力而累得動不了的往事。

然後，我們吃完午餐，重新出發。

休息時間結束後，我在出發前對大家說道：

「我要稍微加快速度，大家不要驚慌喔。」

我坐進駕駛座，現在坐在我旁邊的不是菲娜和修莉兩個人，而是諾雅、米莎和希雅三個人。瑪麗娜與艾兒坐在堤露米娜小姐和根茲先生原本乘坐的地方。

看來她們換搭不同的車了。

菲娜、修莉、堤露米娜小姐、根茲先生現在是搭熊緩巴士。

「呵呵，我們坐在最前面呢。」

「要是妳們太吵，我會請妳們回去後面喔。」

「我們不會吵鬧的。」

「對呀。」

諾雅噘起嘴巴抱緊熊緩，米莎則撫摸熊急的頭。

我握住方向盤，然後灌注魔力，加快熊巴士的速度。感覺很不錯。坐在後面的孩子們也都很有精神地開始喧嘩。他們喊著「好快，好快！」「好厲害！」之類的話，開心得不得了。看來孩子們不會害怕。

坐在我旁邊的諾雅和米莎也非常興奮。

路面經過克里夫和米蕾奴小姐的整頓，行駛起來很平穩。

熊巴士繼續加速，駛向密利拉鎮。

只不過，我加速過頭，熊緩巴士和熊急巴士都發出閃爍信號，說我開得太快了。除此之外，我們沒有遇到魔物，一路上也沒有下雨，行駛得很順利。

371 熊熊抵達熊之隧道（第一天）

我們在樹林間前進，差不多快抵達隧道了。

熊巴士行駛在左右都是森林的路上，開始看到一道牆。

圍牆？

我放慢速度緩緩前進，便漸漸看到一扇大門。

隧道周圍似乎築起了一道牆，我都不知道。

我們抵達大門，有人站在入口處，對方一看到熊巴士就露出驚訝的表情。

「不好意思，我想進去裡面，可以嗎？」

我從熊巴士探出頭，詢問守衛。

「白熊？…………妳是熊姑娘嗎？」

對方好像知道我是誰，卻對我的白熊造型感到疑惑。

該不會只因為我穿的不是黑熊服裝，別人就認不出我了吧？

「妳應該是熊姑娘沒錯吧？」

為什麼要重複確認？

「我不知道你說的是哪個熊姑娘。」

「我想會打扮成熊的人物應該只有一個人吧。」

坐在我旁邊的諾雅小聲說道，但我假裝沒聽見。世界上搞不好有別的熊，只是我和諾雅不知道而已。

「妳就是平常會打扮成黑熊的樣子，創立了熊的麵包店和餐廳，還會帶著小孩子到處跑的熊姑娘吧。」

守衛這麼向我確認。

看來守衛所說的熊並不是我。我不記得自己有帶著小孩子到處跑，所以此熊非彼熊。我得出這個結論。

「畢竟妳的旁邊和後面也都是小孩子。」

守衛一瞬間推翻我得出的結論，看來這傢伙的腦筋轉得很快。我無法反駁。

「聽說妳平常都打扮成黑熊的樣子，我一時認不出來。原來妳也會打扮成白熊的樣子啊。」

「話說回來，明明沒有馬，這些馬車是怎麼前進的？」

守衛用難以置信的表情看著熊巴士。大家感到好奇的地方都一樣呢。

「這是靠魔力前進的。」

「魔力？對了，妳真的是能打倒黑蝰蛇的冒險者吧。」

既然知道黑蝰蛇的事，就表示守衛是克里莫尼亞人吧。

要是對方在這個時候提到克拉肯的事，我就傷腦筋了。我打倒了克拉肯的事，在場的所有人應該都不知道。我不認為安絲等人會說出去，頂多只有諾雅可能從克里夫口中聽說過。米蕾奴小姐或許有告訴提露米娜小姐，但還是不知道的人比較多。

「原來這裡有蓋圍牆啊。」

「隧道是很重要的地方，所以克里夫大人命人蓋了這道牆。」

隧道附近被一道約三公尺高的牆壁圍了起來。這麼一來，魔物就無法進入隧道，盜賊也進不去。其他人同樣不能擅自通過隧道。

「我聽說要付通行費。」

「隧道的入口才會收通行費，這裡只要用公會卡確認身分就行了。」

據守衛所說，似乎有一些商人會在圍牆內作生意。所以，就算不使用隧道，民眾也可以來這裡購買海鮮。

「那麼，雖然我聽說過關於妳的事，但還是可以請妳拿公會卡讓我確認一下嗎？」

守衛看著坐在熊巴士上的孩子們，這麼問道。

「只要確認我的卡就可以了嗎？」

「沒問題。」

我拿出公會卡給守衛看。

「確認完畢，你們可以通過了。」

我對方向盤灌注魔力，開著熊巴士進入牆內。

圍牆內側的人潮比我想像的還要多。最令人驚訝的是，這裡竟然還蓋了房子。

「叔叔，那些房子是？」

「那是賣海鮮的店和旅館。」

克里夫說過要蓋旅館和類似駐紮處的地方，原來也蓋了店家啊。

這些店家和旅館原本可能是隧道工人暫住的地方吧。

只不過一陣子沒來，這裡竟然已經變了這麼多。

我一邊觀望周圍，一邊駕駛熊巴士。可能是因為太顯眼了，大家都看著熊巴士。

我本來想稍事休息，但好像還是直接進隧道比較好？

「優奈小姐，我們要直接進隧道了嗎？」

「嗯～怎麼辦呢？」

我詢問院長和孩子們等乘客的意見，大家都說想休息，於是我決定在這裡稍微休息一下。

我把熊巴士停在不擋路的地方，向熊緩巴士與熊急巴士的乘客宣布我們要暫時休息的事。

熊巴士停好之後，孩子們紛紛下車。好像有孩子想上廁所。莉滋小姐與妮芙小姐帶著孩子們下車。

「優奈小姐，我們可以去附近逛逛嗎？」

諾雅看著外面，好像等不及要出去了。

「可以是可以，但不能給別人添麻煩喔。」

「好的。米莎、姊姊大人，我們走吧。」

「不過，熊緩和熊急要留在這裡喔。」

我請諾雅和米莎把懷裡的熊緩和熊急留下來。諾雅和米莎雖然有點失望，還是乖乖放開熊緩和熊急，走下熊巴士。瑪麗娜與艾兒也跟在她們後面。

巴士內只剩下還在睡覺的孩子與院長，以及露麗娜小姐和基爾。

當我正在猶豫要不要出去參觀的時候——

「優奈小姐，我會留在這裡的，妳可以出去走走。」

我正在猶豫的時候，院長對我這麼說道。

「我會看著這輛車。」

基爾也這麼說。這樣我就能安心了。

「那麼，拜託你們兩位了。」

我把熊巴士交給院長和基爾看守，自己也走下熊巴士。

因為我一直在開車，所以覺得很累。

這或許就是天底下的爸爸開車時的心情吧。

不不不，我可是十五歲的女孩子呢。

走下熊巴士的我望向熊緩巴士與熊急巴士，發現修莉似乎很想上廁所，和菲娜一起跑了出去。

堤露米娜小姐和安絲等人紛紛下車，莫琳小姐也帶著卡琳小姐與涅琳一起走下熊巴士。

我一邊伸展身體，一邊走在路上。

四周的人都看著我和熊巴士，但我不予理會。

我往周圍望去，孩子們正在到處奔跑。因為一路上都坐在熊巴士裡，他們可能是想活動身體吧。

後來，我在隧道周圍探索一陣子，發現了幾件事。圍牆內除了旅館、駐紮處之外，還有馬廄、倉庫與商店。這裡有人會販售冷凍的魚。

「在這裡賣魚，有誰會來買呢？」

「好像有商人或廚師會從克里莫尼亞來這裡採買喔。」

聽到我的自言自語，待在附近的堤露米娜小姐這麼回答。

「是嗎？」

小屋裡不只有堤露米娜小姐，安絲和莫琳小姐等人也在。

身為廚師，她們或許很好奇吧。

「在這裡買的話，就不必支付隧道的通行費了。」

的確，在這裡買東西就不用經過隧道前往密利拉。

這樣可以節省時間，也不用支付通行費。他們還真懂得作生意。

我離開有堤露米娜小姐在的小屋，然後走向隧道。一群孩子聚集在隧道的入口，諾雅她們也在。這是因為隧道的入口旁矗立著一尊熊熊石像。

「跟店裡的熊熊一樣耶～」

「可是，這裡的熊熊不是拿麵包，是拿劍呢。」

這尊石像和克里莫尼亞店裡的Q版熊熊是一樣的。克里莫尼亞的熊拿著麵包，但這裡的熊拿著劍。

「這也是優奈小姐做的嗎？」

我看著熊熊石像，不知何時走過來的諾雅這麼問道。米莎和希雅也跟她在一起。

「是克里夫叫我做的。」

「父親大人嗎？」

「我都說不要了，克里夫卻逼我……」

我擺出悲傷的表情。

我並沒有說謊，我確實是被迫做出這東西的。

「父親大人真過分。」

「諾雅，妳也這麼覺得吧。」

「對呀，父親大人明明說不能在家門前做熊熊石像，自己卻叫優奈小姐在這裡做熊熊石像，真是太賊了。」

呃，重點在那裡嗎？

太奇怪了，普通人應該會覺得強迫別人做東西很過分吧？

「回去之後，我要再拜託父親大人一次。如果得到許可，請一定要幫我做喔。」

「請妳不要拜託，而且我不會幫妳做的。」

如果在領主的家門口做熊熊石像，克里夫身為領主的威嚴就蕩然無存了。雖然我一點也不在乎克里夫的威嚴，但如果別的地方有熊熊石像，可能有人會誤以為那裡是我的家。即使克里夫不反對，我也會反對。

「既然這樣，做在庭院就可以了嗎？」

「如果可以，我也希望家裡有一尊。」

因為諾雅滿口傻話，連米莎都這麼說了。

人家說近墨者黑，米莎似乎愈來愈像諾雅了，讓我不禁開始擔心她的將來。

「我不會做的。」

「怎麼這樣～優奈小姐，拜託妳做嘛。姊姊大人也跟我一起拜託父親大人吧。」

「好吧，就算父親大人拒絕，放在王都的宅邸庭院也不錯。如果是母親大人，搞不好會同意喔。」

希雅笑著這麼說。

她一定是在捉弄我。

「姊姊大人太賊了啦。」

我覺得克里夫絕對不會允許，但艾蕾羅拉小姐有可能會抱著半開玩笑的心態答應。所以我可不能隨便點頭。這種時候就要斷然拒絕。

「不行，不管是哪個家，我都不會做的。」

372 熊熊抵達密利拉鎮（第一天）

熊熊石像附近有一座小屋，用路人似乎要在這裡支付通行費。有個男人從剛才開始就一直看著我們。

克里夫有給我通行證，有了這個就能免費通過，而且不限次數與人數。

為了確認通行證真的能使用，我走向那個男人。

「我想請問一下，有隧道的通行證就可以通過了吧？」

「我都聽說了。但還是要經過確認。」

我拿出克里夫給我的通行證給男人看。

「確實沒錯。這樣就可以了，妳可以自由通過。」

守衛確認完通行證之後，立刻把卡片還給我。

「所有人都可以通過吧？」

保險起見，我這麼問道。

「是啊，只要是跟妳同行的人，有多少人都沒問題。只不過條件是有妳陪同。」

「那麼，那三輛馬車？要通過，麻煩你們了。」

來。

我望向熊巴士。

男人用疑惑的表情回答：「我知道了。」

我呼喚所有人，請大家回到熊巴士上。露麗娜小姐和基爾等大人也一起幫忙把孩子們叫回來。

要是漏掉任何一個人，那就麻煩大了，所以我們確實點名之後才出發。

「莉滋小姐，孩子們都沒問題吧？」

「是，沒問題。」

我從身材高大的基爾確認到露麗娜小姐的身影，搭乘熊緩巴士的安絲等七個人也都到了。不知為何，熊急巴士上除了堤露米娜小姐和根茲先生，還有瑪麗娜與艾兒。

看來菲娜和瑪麗娜等人似乎互換了。

確認所有人都到齊之後，我搭上熊巴士。

「那麼，我們要出發嘍。」

感覺好像當上了帶隊的老師。

我開著熊巴士、熊緩巴士與熊急巴士，朝隧道前進。

因為剛才已經取得許可，熊巴士順利駛進隧道。

隧道中有光魔石的照耀，所以很明亮，不需要熊巴士的燈或我的魔法。

前面沒有其他馬車，當然也沒有迎面駛來的馬車，於是熊巴士暢行無阻。

「原來隧道裡面是這個樣子呀。」

諾雅對周圍的景色感到新奇。

「路一直延續到深處，看起來有點恐怖呢。」

隧道不斷延伸，目前還看不到出口。

「我們上次來的時候，光魔石還沒有裝完，比現在還要恐怖。」

菲娜贊同諾雅的感想。

對了，隧道還沒完工的時候，我曾經帶菲娜和修莉一起去採竹筍。

當時光魔石大約只裝到一半。

「可是，優奈姊姊的魔法很明亮，所以沒事。」

「菲娜和修莉已經去過密利拉鎮一次了，真令人羨慕。」

熊巴士持續行駛。孩子們剛進入隧道時還很興奮，但似乎已經看膩了一成不變的景象，沒有孩子繼續吵鬧。

「優奈小姐，這條隧道很長嗎？」

「嗯～我也不知道耶。我只有騎著熊緩和熊急經過，所以不太清楚距離有多長。」

我在隧道內加速，裝在牆壁上的光魔石不斷往後流逝的景象便讓孩子們感到害怕。院長也希望我可以開慢一點，於是我放慢速度。

「這樣呀。」

「妳們兩個也可以睡覺喔。到了之後，我會叫醒妳們。」

修莉已經睡著了。為了不讓她從椅子上掉下來，菲娜正抱著她。

「沒關係，我想跟優奈小姐聊天。」

「我也想跟優奈姊姊大人聊天。」

「既然這樣，妳們可以跟我說些話嗎？路程這麼單調，我也會想睡。」

隧道一開始很有趣，但遲早也會膩。裡面跟外頭不一樣，一路上的景色都不會改變，催眠效果很強。所以，我也很高興有人能跟我說話。

於是，諾雅和米莎從往事聊到最近發生的事。

得知她們倆從小就是好朋友，我聊得很開心。

我開著熊巴士在隧道內行駛，便漸漸看到隧道的出口出現在前方。

「小朋友！我們快到隧道外了。」

「真的嗎！」

「到海邊了嗎？」

我朝後面一喊，原本覺得無聊的孩子們便興奮起來。

畢竟剛才都待在景色一成不變的隧道中，這也難怪。

「優奈姊姊，海邊到了嗎？」

「駛出隧道應該就能看到了。」

坐在我旁邊的諾雅和米莎向前傾身，孩子們也從熊巴士的側面探出頭。

睡著的修莉也被菲娜叫醒，正看著前方。

「把身體探出窗外很危險喔。」

熊巴士一駛出隧道，大海便出現在視野前方。

因為眼前沒有障礙物，只有不斷延伸的道路，所以能清楚看見大海。天氣晴朗也是其中一個原因。幸好沒有下雨。

上次和菲娜與修莉一起來的時候也是晴天，可能是因為我平時熱心助人，所以老天爺才會特別幫忙吧。

「是海耶！」

「好大！」

「好厲害！」

「哇啊～」

孩子們開始吵鬧。院長、莉滋小姐和妮芙小姐都叫大家安靜，但孩子們都興奮得聽不進去。

「大家如果不聽院長和老師的話，我就要回頭了喔。」

「咦～～～」

372 熊熊抵達密利拉鎮（第一天）

「大家沒有忘記來海邊玩的規矩吧。不可以擅自行動，要乖乖聽院長和老師的話。反正海又不會跑掉，不用心急啦。」

我安撫孩子們。雖然我是對後面的孩子們說，坐在我旁邊的諾雅和米莎也都緩緩坐回原位。

可是，她們仍然用閃閃發光的眼神看著大海。

雖然大海不會跑掉，但天氣可能會改變。明天不一定會是好天氣。

好了，我可以繼續開著熊巴士前進嗎？

隧道出口周圍什麼也沒有。

前方有防止魔物入侵的牆壁沿著路線築起。

順帶一提，後面當然也矗立著熊熊石像。大家都看著前方，所以沒有發現。

往前一望就能看到房屋，於是我開著熊巴士沿路前進。

房屋位於離開城鎮的幹道與前往隧道的路線交會之處。

聽說城鎮會擴張到這裡，所以這裡似乎就是密利拉鎮的入口。

我們來到房屋附近，那裡站著一個很眼熟的人。我不知道對方的名字，只知道他是我第一次來密利拉鎮時遇到的大門守衛。他沒有注意到從旁邊駛來的熊巴士，一臉無聊地打了呵欠。然後，他無意間望向我們，立刻轉為驚訝的表情。

熊巴士靠得這麼近才發現，他真的有在認真工作嗎？

我把熊巴士停下來，探出頭打招呼。

「好久不見。」

「……白熊……是熊姑娘嗎？好久不見了。」

到底為什麼是疑問句？

只不過是從黑色變成白色而已，我打扮得這麼顯眼，真不懂別人為何感到疑惑。

「城鎮的入口改到這裡了呢。」

「是啊，因為從這裡可以同時確認來自隧道和來自幹道的人。」

「不過你看起來倒是很閒呢。」

「那是因為現在剛好很閒啦。最忙的時候是一大早的出發時間，還有隧道即將關閉之前。其他時間只有零星的訪客，所以比較閒。」

「就是因為這樣，你才會打呵欠啊。」

「被妳看到了啊。」

男人搔搔頭，試圖掩飾。

「對了，為什麼妳今天是白熊的樣子？而且這個奇怪的交通工具是什麼？明明沒有馬，為什麼能動？」

「這才不奇怪呢，是熊熊馬車啦。」

「沒錯，一點也不奇怪。」

諾雅與米莎代替我反駁。連坐在後頭的孩子們也說「這是熊熊喔」、「才不奇怪呢」、「很可愛耶」。

我是很高興他們替我說話，卻也不希望他們把熊巴士當成普通的常識。究竟該教導正確的知識，還是維持現狀呢？真令人煩惱。

「抱歉，我這麼說並沒有惡意，只是覺得這個交通工具很有熊姑娘的風格。況且白熊裝扮也很適合熊姑娘。」

遇到孩子們的抗議，男人這麼辯解。可是就算聽到別人說我適合白熊裝扮，我也不高興。即使如此，如果別人說我不適合，我也同樣不覺得開心。

「所以，妳要直接駕駛這輛熊馬車？進入城鎮嗎？一定會引起騷動喔。就算不這麼做，妳也已經是個名人了。」

果然如此。

我想起過去發生的事。

打倒克拉肯的隔天，鎮上舉辦了熱鬧的慶典。很多人向我打招呼，而且全鎮的人都帶了食物來找我。不過，我帶菲娜和修莉來採竹筍的時候好像沒有引起什麼騷動。

當然有人向我道謝，但事情並沒有鬧大。

「大家基本上都不會給妳添麻煩，但也無法保證所有的居民都會遵守規矩。」

既然如此，是不是不要用熊巴士移動比較好呢？

從這裡走到熊熊屋的距離並不遠，而且孩子們也都很想下車。

「小朋友，接下來可以用走的嗎？」

「可以下車嗎？」

「可以，但不能擅自跑去別的地方喔。大家要乖乖聽院長和老師的指揮。我知道大家都很想快點去海邊，但要先去我準備的住宿地點喔。」

「那麼，我就先下車了。」

諾雅第一個下車，孩子們也陸續下車。

「大家不要急，慢慢下車吧。」

「從前面開始依序下車。」

「用跑的很危險喔。」

莉滋小姐、露麗娜小姐、妮芙小姐這麼叮嚀孩子們。然後，基爾只說了一句「慢慢下車」，孩子們便乖乖聽話。

「菲娜，妳去通知堤露米娜小姐他們吧。」

我請菲娜轉告熊緩巴士與熊急巴士的乘客，接下來要用走的去熊熊屋的消息。

所有人都下車了。

「小姑娘，這些馬車要怎麼辦？」

「我會收進道具袋裡，別擔心。」

所有人都下車之後，我把熊巴士收進熊熊箱。

「小姑娘總是令人驚訝呢。」

我向叔叔取得通行的許可，然後走回大家身邊。

「優奈，接下來要用走的對吧。」

堤露米娜小姐跟看起來很睏的根茲先生一起走過來。

「因為搭乘那些馬車太顯眼了。」

「可是，帶著這麼多孩子走在路上應該也半斤八兩吧。」

堤露米娜小姐看著周圍。

這麼說確實有道理。不過，我希望這樣會比熊巴士低調一點。

我看著孩子們，大家都很高興地眺望著大海。「好大喔。」「這些全部都是水？」「聽說很鹹喔。」各種對話傳進我的耳裡。比起搭著熊巴士快速經過，慢慢看著大海散步也不錯。

像這樣跟孩子們一起走在路上，感覺就像是帶領幼稚園兒童或小學生的老師。如果有載著幼兒的推車，那就肯定是幼稚園或托兒所了。要是這麼說，年紀大約是小學高年級的孩子們應該會生氣吧。

年長孩子牽著年幼孩子的手，免得他們擅自亂跑，非常懂事。他們自己明明也很想奔向海邊。

「優奈姊姊，我們什麼時候要去海邊？」

「嗯～總之先去我的房子再說吧。」

這個時間不太適合去看海。雖然太陽還沒有下山，但應該已經沒有時間玩了。到熊熊屋之後，我要說明一些基本事項，說明結束之後可能已經天黑了。

「應該要到明天才能玩吧？」

「「「咦～～～～」」」

孩子們不服氣地噘起嘴巴。

「小朋友，不可以為難優奈小姐喔。」

「是。」

「對不起。」

院長一告誡，孩子們便乖乖道歉。

我把照顧孩子們的工作交給院長、莉滋小姐、妮芙小姐、露麗娜小姐，走向安絲等人。

「安絲，妳們要怎麼辦？要回家嗎？還是跟我們一起來？」

「那裡也有房間可以讓我們住吧？」

「有啊，只是沒有單人房。妳要跟賽諾小姐她們一起住。」

「既然如此，我要一起去。」

安絲毫不猶豫地答道。

「可以嗎？」

「嗯，因為我得替大家做晚餐，而且這個時間回家，我的家人應該也很忙，所以我打算明天再去見爸爸他們。」

賽諾小姐等人也點頭贊同安絲說的話。

「而且優奈小姐的房子是那棟熊熊造型的建築吧。」

「安絲也知道啊。」

「嗯，因為很多人都在討論它嘛。」

「對呀。」

「住在密利拉鎮的居民之中，應該沒有人不知道那棟像熊的房子吧。」

「能住在那棟傳聞中的熊熊房子，真令人期待。」

「搞不好可以向親朋好友炫耀一下。」

大家非常愉快地聊著。我本來還很擔心她們來到密利拉鎮會如何，但看來是我多慮了。

然後，我們走在沿海的路上，途中進入山路。

大型熊熊屋就在這條路的前方。

孩子們一路上都看著海，所以沒注意到靠山的熊熊屋。

「大家停下來，我們要在這裡轉彎。」

我叫住看海的大家，於是所有人都轉頭看我。

我望向轉彎後的道路，嚇了一跳。

上次為了對付毒蠍而來的時候，我正在趕時間，於是直接越過牆壁，躲在樹林中前進，所以沒有發現。

這裡的路面鋪上了石磚，變得十分漂亮。而且道路的入口還插著禁止非相關人員進入的立牌。我當然不希望別人擅自闖進熊熊屋，卻不知道有這支立牌。

我對鋪設過的道路感到驚訝，孩子們和其他大人卻是對別的地方感到驚訝。

「熊熊？」

「是熊熊的臉耶。」

「有兩張臉呢。」

熊熊屋前方有防止入侵的圍牆，從這裡只能看到臉的部分。

「優奈姊姊，我們要去那個像熊熊的房子裡嗎？」

「沒錯。」

我這麼一說，孩子們便跑了過去。

「萬一迷路了，大家要回來這裡喔。」

如果孩子不小心迷路，只要詢問熊造型的房子在哪裡，大人就會帶他們過來。密利拉鎮的居民應該都知道這棟熊熊屋的事。

然後，不知道究竟有沒有把我說的話聽進去，孩子們紛紛奔向熊熊屋。比起海邊，他們現在

好像對熊熊屋比較感興趣。

我很高興他們這麼喜歡。但熊熊屋竟然勝過海邊，這樣好嗎？

真希望他們別忘了我們這次的目的是去海邊玩。

「用跑的很危險，不可以跑！」

莉滋小姐這麼說著追上孩子們，露麗娜小姐和基爾也追了上去。

妮芙小姐牽著年幼的孩子，所以沒有追上去。

看著跑在前面的孩子們，有人興奮起來了。

「各位，我們也快去吧。身為熊熊粉絲俱樂部的會員，我們可不能輸。」

「好的，諾雅姊姊大人。」

「嗯！」

諾雅、米莎與修莉三個人也跑了出去，跟在後頭的瑪麗娜和艾兒趕緊追上她們。

我好像從諾雅口中聽到奇怪的詞彙，但應該是我多心了吧。我決定不要放在心上。

比起這個，我還比較在意艾兒那對搖晃的胸部。

「諾雅大人好像很開心呢。」

菲娜走到我身旁，微笑著這麼說。

「嗯，大家這麼開心，我也很高興。菲娜，妳不去嗎？」

「畢竟我以前就來過了。」

見過這棟熊熊屋的人只有菲娜、修莉和來自密利拉的人而已。

「希雅呢？」

希雅也留在這裡，慢慢地走著。

「混在那群孩子之中奔跑，感覺有點……」

混在前面那群孩子之中奔跑，的確讓人感到有些抗拒。

「而且，等一下我會過去仔細參觀的。」

其實也沒什麼好參觀的啦。

抵達熊熊屋時，孩子們都在圍牆前等著我。

熊熊屋的周圍有牆壁，入口處有一道大門。這是為了防止別人擅自進入。

「優奈姊姊，快點嘛。」

「優奈小姐，快點。」

「我現在就開門。」

我一推門，門就敞開了。眼前有兩棟熊熊屋迎接我們。

373 熊熊分配房間（第一天）

從大門進入裡面，大型熊熊屋的全貌便出現在眼前。

密利拉鎮的熊熊屋不像克里莫尼亞或旅行用的熊熊屋一樣是坐姿，而是像站立的熊的小型大樓，總共有四層樓。

「有兩隻熊熊耶。」

總共有兩隻熊，兩棟熊熊大樓彼此是互相併攏的。從正面看過去，右邊的熊熊大樓是女生，左邊的熊熊大樓是男生，但裡面的各個樓層都是相連的，所以沒有什麼意義。

「我已經聽女兒說過了，看來這裡的房子也是熊呢。」

堤露米娜小姐看著熊熊屋，以傻眼的語氣這麼說道。

熊熊屋的安全措施非常完善。它不會輕易損壞，也不怕外敵入侵。熊熊屋是萬能的。

「優奈，別人叫妳做跟熊有關的東西時，妳明明很抗拒，自己平常卻還是會做呢。」

「那是因為……」

堤露米娜小姐說到了我的痛處。

的確，我很不想做熊熊石像，熊熊制服的事情也是勉強答應。

可是，我卻很常自己做跟熊有關的東西。

這麼說或許很像藉口，但因為做起來很簡單，我也沒辦法。而且這樣能提升強度，還能附加各式各樣的好處。有好處當然比較好。

給我熊熊能力的神或許就是希望我有這種想法，我也無可奈何。

孩子們持續仰望著熊熊大樓。

「優奈姊姊，我們要住在這裡嗎？」

「對啊。」

孩子們都很高興，大人們卻露出尷尬的表情。

「優奈，我們也要住在這裡嗎？」

「這麼可愛，好像不太適合我。」

涅琳、卡琳小姐說出有點負面的評語。

「既然這樣，卡琳小姐妳們要露宿在庭院嗎？」

「優奈，我們是開玩笑的啦。哇啊，真高興能住在這麼可愛的熊熊房子裡。」

妳的語調很生硬喔。

不過，我也不是不能理解她們的心情。倘若我是沒有熊熊能力的普通女生，或許也會有同樣的想法。事到如今，熊熊能力對我來說已經是不可分割的一部分了。

其中也有人用垂涎三尺的眼神看著熊熊大樓。

「嗚嗚，優奈小姐，這麼可愛的房子是怎麼回事？請把我的家也做成熊熊的樣子吧，拜託妳。」

「優奈姊姊大人，到時候也請改造我的家。」

看著熊熊大樓的諾雅與米莎這麼說道。要是把克里夫的宅邸變成熊熊屋，我會被克里夫罵的。至於葛蘭先生，他老人家可能會震驚得昏倒。

所以，我對她們倆這麼說道：

「好吧，如果克里夫和葛蘭先生同意，我就幫妳們做。」

我對諾雅與米莎提出難以實現的條件。那兩個人是不可能同意的。如果在這個時候以艾蕾羅拉小姐為條件，按照她的個性，有可能會抱著好玩的心態同意。可是，克里夫絕對不會允許。我覺得葛蘭先生也跟克里夫一樣不會同意。

然後，我呼喚看著熊熊大樓的大家，帶著他們進入屋內。入口在熊腳之間。左右兩邊各有一個入口，我從右邊的入口進入熊熊大樓。因為裡面是相連的，從哪邊進入都一樣。

熊熊大樓的一樓有廚房和飯廳等房間。因為屋內是兩隻熊相連的大小，空間相當寬敞。

「這裡是飯廳，大家可以一起在這裡吃飯。」

我簡單說明一樓的設施，然後走上二樓。二樓的房間是分開的，但走廊連接著兩棟熊熊大樓。

右邊是女生的房間，左邊是男生的房間。房間都是打通的空間，所以比學校的教室還要寬敞。就算睡二十個人也綽綽有餘。

「那邊是男生的房間，這邊是女生的房間。院長和莉滋小姐可以跟孩子們睡在一起嗎？」

「好的，沒問題。」

妮芙小姐好像也想跟孩子們睡在同一個房間，所以我請她跟院長一起住在這個房間。

「基爾也可以跟男生們一起睡嗎？」

「可以。」

男生們很高興聽到基爾這麼說，就這麼帶著他一起走向男生的房間。

「優奈，那我呢？」

露麗娜小姐這麼問我。

「妳可以睡在這個女生的房間嗎？」

「嗯，好呀。」

露麗娜小姐沒有拒絕，爽快地答應了。女生們帶著露麗娜小姐進房間。然後，我開始說明壁櫥裡放著棉被等等的事。

「放在房間裡的東西都可以自由使用喔。」

「優奈小姐，我們也要睡在這裡嗎？」

「諾雅妳們要睡在三樓的房間喔。」

諾雅等人畢竟是貴族千金，姑且不論孤兒院的孩子們，院長等人可能會緊張得無法放鬆，所以我替她們準備了別的房間。

「順帶一提，堤露米娜小姐一家和莫琳小姐等人也是住三樓喔。」

我帶著諾雅等貴族、菲娜一家人、餐廳工作人員移動到三樓。

三樓有幾個獨立的房間。我請菲娜一家四口住在其中一個房間。

「我們全家可以占用一個房間嗎？」

「這次根茲先生也在，你們就好好享受這趟家族旅行吧。」

「優奈，謝謝妳。」

「小姑娘，謝謝妳。」

堤露米娜小姐和根茲先生帶著菲娜與修莉走進房間。

「諾雅妳們就使用隔壁房間吧。」

我請諾雅、米莎、希雅、擔任護衛的瑪麗娜與艾兒等五個人住在同一個房間。

最後，我請「熊熊的休憩小店」的莫琳小姐、卡琳小姐、涅琳等三個人，以及「熊熊食堂」的安絲、賽諾小姐、弗爾妮小姐、貝朵小姐，總共七個人住在同一個房間。

「優奈，放好行李就可以開始準備晚餐了嗎？我也想看看廚房的狀態。」

「可以喔。」

「媽媽，我也來幫忙。」

「我也是。」

卡琳小姐與涅琳這麼說。

「我們當然也會幫忙的。」

安絲等人也主動表示願意幫忙。

莫琳小姐等人把行李放在房間，然後立刻走出房門，回到一樓。

因為我帶著食材，所以也一起回到一樓。

「這裡的窯很不錯，但一次都沒有用過呢。」

莫琳小姐確認窯的狀況。

基本上，我只要有熊熊箱就足夠了，而且來密利拉鎮也只是順道拜訪，幾乎沒有住在這裡過。

我也不會做太複雜的料理，所以沒有用過這裡的窯。

「優奈，沒有盤子呢。」

「我有帶來。」

我把在克里莫尼亞買的烹調器具、湯匙、叉子與盤子擺放到桌上。安絲等人把這些東西收納到櫥櫃或抽屜裡。

我準備了超過人數的量，應該很充足。

「那麼，我們分工做菜吧。」

大家以莫琳小姐與安絲為中心，開始分工做晚餐。

交給她們兩個人，應該就沒問題了。

我走出廚房時，孩子們跑了過來。

「優奈姊姊，我們可以去海邊嗎？」

「現在嗎？」

「嗯！」

大家現在才開始準備晚餐，距離開飯還有一段時間。

可是，太陽快要下山的事實還是沒有改變。

「不行嗎？」

孩子們仰望著我。

這裡是城鎮裡，所以不用擔心遇到魔物等危險，但我還是不放心讓孩子們獨自去海邊。

我正在煩惱該怎麼辦時，露麗娜小姐來了。

「優奈，我會跟他們一起去的。」

「可以嗎？」

「嗯，我會跟基爾一起邀請想去海邊的孩子。大家都想去海邊看看，完全坐不住。既然這樣，讓他們去一次海邊比較好。」

要是孩子們偷溜出去，的確很傷腦筋。既然如此，讓他們看一次或許比較好。

而且有露麗娜小姐和基爾陪同就可以放心了。

「那麼，拜託你們了。」

「嗯，交給我們吧。好了，小朋友，叫其他想去海邊的孩子到屋外集合吧。」

露麗娜小姐這麼說，孩子們便高興地跑了出去。

於是，想去海邊的孩子跟著露麗娜小姐和基爾一起走，留在熊熊大樓的孩子則由院長、莉滋小姐與妮芙小姐來照顧。

孩子們出門後，諾雅她們走了過來，同時左顧右盼。

「妳們在做什麼？」

「我們正在探險。」

「希雅也一起嗎？」

「我想把這裡的趣聞說給馬力克斯他們聽。」

不，請妳別這樣。

而且我並沒有住在這裡，什麼稀奇的東西都沒有，根本沒什麼好探險的。就算說是空屋也不為過。

「諾雅，妳們沒有去海邊啊。」

我還以為她們會跟孤兒院的孩子一起去呢。

「我也很想去，但會忍耐到明天。今天我們要在這棟熊熊房子裡探險。米莎、姊姊大人，我們先從庭院開始探索吧。」

諾雅呼喚米莎與希雅，走到屋外。

瑪麗娜和艾兒不在，她們待在房間裡嗎？

我晚點才知道，原來是米莎說過：「瑪麗娜，請妳們待在房間裡吧。我要跟諾雅姊姊大人和希雅姊姊大人，三個人一起去探險。」我真想看看瑪麗娜當時的表情。

目送諾雅等人的我為了放洗澡水，移動到四樓。上次跟菲娜與修莉一起來的時候，我太晚準備，花了不少時間在浴池裡放熱水。所以這次我要提早準備。

我來到四樓的浴室。浴室的左右兩邊分別是男用與女用。

我通過女用浴室的紅色門簾，穿越更衣間，走進浴室，發現菲娜和修莉就在裡面。

「姊姊，我要放熱水了喔。」

「好。」

「妳們兩個在做什麼？」

不用問也知道。菲娜拿著打掃用具，修莉正在放熱水。看來她們正在幫我準備洗澡水。可是，我還是忍不住詢問。我並沒有拜託她們倆這麼做。

「那個，因為上次來的時候來不及洗澡，所以我才想提早弄。我本來想取得優奈姊姊的同意，可是我不想打擾優奈姊姊跟莫琳小姐說話，所以就擅自準備了。對不起。」

看來菲娜也跟我想到同一件事了。

「不用道歉啦。我也是為了這件事才來的，謝謝妳。對了，男生浴室那邊還沒弄好嗎？」

「對，我想把這邊弄好再過去。」

「那麼，我也來幫忙，一起準備吧。」

「好的！」

「我也要幫忙～」

我們三個人一起準備洗澡水。

「對了，堤露米娜小姐和根茲先生呢？」

「他們去外面散步看風景了。媽媽和爸爸都很感謝優奈姊姊。」

畢竟這裡的風景也很漂亮。這次的旅行也算是堤露米娜小姐和根茲先生的蜜月旅行，我希望他們可以玩得盡興。

我拜託姊妹倆簡單打掃男生浴室，在兩間更衣間的櫃子上擺放浴巾和吹風機。

然後，菲娜與修莉打掃完畢，從熊熊石像的嘴巴放出熱水，漸漸注滿浴池。

這樣一來，大家就不必泡在熱水很少的浴池裡了。

我正要走出浴室的時候，有人走進來了。

「這裡是浴室吧。」

「諾雅？」

「優奈小姐？」

走進浴室的人是諾雅、希雅、米莎等三個人。她們說自己已經從庭院探索完一樓的每個角落，二樓、三樓的探險也結束了，目前來到四樓的浴室。

「妳們剛才在做什麼呢？」

我說明自己和菲娜、修莉一起準備洗澡水的事。

「只要優奈小姐說一聲，我也願意幫忙的。」

我覺得貴族千金好像不太適合打掃浴室。

「我們能一起來旅行，當然願意幫忙打掃了。」

「是的，我也會幫忙。」

聽到諾雅說的話，希雅和米莎也點頭贊同。

既然如此，我決定不把她們當作客人，明天也請三人一起幫忙。

374 熊熊洗澡（第一天）

放好洗澡水之後，我、菲娜與修莉，以及諾雅、米莎、希雅等六個人決定一起洗澡。姑且不論男生浴室，因為女生的比例高，大家分開洗澡會花太多時間。莫琳小姐和安絲等人還在做菜，孩子們則去看海了。陪伴孩子們的露麗娜小姐與基爾也不在。堤露米娜小姐和根茲先生正在散步。我不知道瑪麗娜和艾兒正在做什麼，但應該也是在休息。

因此，無事可做的我們決定先洗澡。

我們各自回到房間，準備換洗衣物。我的行李都放在熊熊箱裡，所以不需要準備，但還是為了帶熊緩和熊急過來而回到房間。

熊緩和熊急正窩在房間裡睡覺。

「熊緩、熊急，你們要洗澡嗎？」

我對睡著的熊緩和熊急這麼說，牠們便動了起來，叫了一聲後下床，來到我的腳邊。

看來牠們也想一起洗澡。

我回到浴室的時候，菲娜她們已經到齊了。

「熊緩和熊急也要一起洗澡嗎？」

「因為牠們一路上都幫我們監視有沒有魔物，所以我想替牠們洗澡，表示謝意。」

「原來如此。熊緩、熊急，謝謝你們。」

諾雅蹲下來撫摸熊緩和熊急的頭。

「優奈姊姊大人，可以讓我來幫牠們洗澡嗎？」

米莎主動這麼說。

「我也想為以前的事道謝，所以也想幫牠們洗澡。」

連希雅都這麼說。以前的事是指護衛當時的事嗎？

「我也想幫熊緩和熊急洗澡。」

「啊～我也要～」

諾雅與修莉也加入熊緩和熊急的爭奪戰。只有一個人除外。

「菲娜真懂事。」

「……那個，因為我也有被牠們載過，所以想幫牠們洗澡。」

「…………」

看來菲娜也一樣。

熊緩和熊急都只有一隻，所以我請菲娜和修莉洗熊緩，請諾雅、米莎和希雅洗熊急。

我本來打算親自幫牠們洗澡的說。

所有人都在更衣間脫掉衣服，走進浴室。

今天我把熊緩和熊急交給大家，清洗自己的身體後踏進浴池。

因為一整天都在開車，我覺得很累。

雖然只是坐著握住方向盤，然後灌注魔力，卻比想像中還要累。

我泡在浴池裡看著菲娜等人，她們正把熊緩和熊急洗得全身都是泡沫。

「呵呵，這樣舒服嗎？」

「咿～」

「牠們都縮水了呢。」

「熊緩，我要沖水了喔。」

大家都很高興地洗澡。

然後，身體被洗乾淨的熊緩和熊急跳進有我在的浴池。熊緩和熊急把頭伸出水面，露出舒服的神情。

接著，幫熊緩和熊急洗完澡的菲娜等人也清洗自己的身體，踏進浴池。

「好舒服喔。」

「對呀，好舒服。」

「我可以向馬力克斯他們炫耀了。」

374 熊熊洗澡（第一天）

到底是要炫耀什麼呢？我不發一語地這麼想。

「不只是熊熊房子，我也想要有這種會流出熱水的熊熊呢。」

諾雅看著流出熱水的熊熊石像。

「我不會做的。」

「優奈小姐真是壞心眼。」

我這麼說並不是想捉弄諾雅。要是做出這種東西，克里夫不知道會怎麼唸我。我才不要做麻煩事呢。

「話說回來，從這邊望出去的景色真漂亮。」

從窗戶能看見大海。太陽差不多要下山了。

我們悠閒地泡澡，消除一天的疲勞。

我們洗完澡的時候，晚餐已經做好，去看海的孩子和露麗娜小姐等人也回來了。

吃晚餐的時候，孩子們說海洋又大又鹹，熱烈地聊著他們在海邊的見聞。聽到這番話，還沒有去海邊的孩子們都很期待。

「明天大家一起去吧。」

正式的遊玩行程要到明天才會開始。

吃完晚餐後，為了讓大家洗澡，我開始向大人們說明浴室的用法。

我請根茲先生和基爾到男湯，請堤露米娜小姐、莉滋小姐、賽諾小姐、卡琳小姐、露麗娜小姐、瑪麗娜到女湯。

另外，因為現在沒有人使用，我拜託菲娜去男湯進行說明。

我不太想邀請根茲先生和基爾進女湯，所以請他們在男湯聆聽說明。

我帶著大家穿越門簾，移動到更衣間。

「好大喔。」

賽諾小姐很驚訝。

「這裡是更衣間。請把脫掉的衣服放在籃子裡，然後進去這裡面。」

一踏進浴室，所有人的目光便集中到同一個地方。

「是熊耶。」

「真的是熊。」

「熱水從熊的嘴巴裡流出來了。」

曾經在克里莫尼亞的熊熊屋洗過澡的堤露米娜小姐，以及知道孤兒院也有同樣東西的莉滋小姐露出傻眼的表情。

「可是，真的很大呢。」

整個四樓都是浴室。我現在才覺得好像有點太大，但都做了也沒辦法。而且人家都說大兼小

用，寬敞的浴室總比狹窄的浴室好。

「總不可能所有人一起洗澡，所以大家就隨便分批洗吧。」

我把洗澡的順序交給其他人決定。

只不過，雖然周圍沒有其他住家，我還是拜託大家不要吵鬧。萬一小朋友因為浴室很大而奔跑，跌倒就糟糕了。

大家好像都知道這種常識，於是點頭回應。

我最後打開窗戶，說明可以看到外面的事。

得知從浴室可以看到外面的景色，大家都很驚訝。從熊熊大樓的四樓往外望的景色漂亮得難以形容。

我們洗澡時看到的夕陽很漂亮，但現在也能看到星月照耀海面的美麗夜景。

「光是在這裡洗澡，來到這裡也算是值得了。」

我結束浴室的說明。

「記得把光熄掉，還有關閉門窗喔。」

我拜託其他人把各房間的光魔石關掉，自己先去休息。我說「我因為消耗魔力，所以很累」，大家都可以體諒。

多虧白熊服裝，我並不疲勞，卻非常想睡。我一大早就起床，而且一個人駕駛熊巴士，所以現在就覺得昏昏欲睡。

我倒在窩在床上睡覺的熊緩與熊急之間，就這麼進入夢鄉。

374 熊熊洗澡（第一天）

375 熊熊去海邊（第二天）

隔天，我被熊緩和熊急叫醒。我往外一看，天空晴朗無比，簡直是享受海水浴的大好天氣。

起床的我朝飯廳走去，莫琳小姐和安絲等人已經在準備早餐了。

我向她們打招呼，坐在椅子上等早餐。

什麼都不做就有飯吃，感覺真棒。

我坐在椅子上等待時，菲娜一家人、孤兒院的孩子們、諾雅等人都陸續到飯廳集合了。

過了不久，莫琳小姐等人做的早餐上桌了，大家於是開動。

吃完早餐後，孩子們馬上開始準備去海邊。大家在各自的房間裡換衣服。從熊熊大樓前的路往下走，馬上就能抵達沙灘了。而且通往海邊的道路好像是我專用的，所以就算穿著泳衣走過去也沒問題。

不過，我還是有叮嚀大家帶比較大條的毛巾去沙灘。

我也要準備，於是移動到自己的房間。

接著，我由自己的房間往外望，看到一群孩子沿路跑了出去。露麗娜小姐、莉滋小姐和基爾都追在後頭。

隨後，諾雅、米莎、希雅也朝著海邊奔去。瑪麗娜與艾兒跟在她們身後。

我從這邊也看得到艾兒的胸部正在搖晃。

最後，我看到院長悠閒地走向海邊的身影。

安絲等來自密利拉的人為了拜訪親朋好友，早就已經出門了。

妮芙小姐本來打算陪孩子們一起去海邊，但院長對她說：

「這裡應該也有人很擔心妳。妳不用顧慮我們，快去拜訪親友吧。」

我聽到這番話。露麗娜小姐和基爾也說自己會照顧孩子們，要妮芙小姐別擔心。

於是妮芙小姐接受他們的體貼，和安絲等人一起去拜訪密利拉的親友。

另外，堤露米娜小姐為了向安絲的父母打招呼，與根茲先生一起出門了。

因為安絲在我們店裡工作，所以堤露米娜小姐想去打個招呼。跟安絲的父母見面之後，她似乎要和根茲先生一起去鎮上逛逛。

我問能不能跟他們一起去，他們便把菲娜和修莉交給我照顧了。因此現在還留在熊熊大樓的人只剩我、菲娜和修莉共三個人。

「優奈姊姊，還沒好嗎～？」

「還、還沒好。」

我對在房間外等待的修莉這麼說。直到剛才為止，我都一直看著外面，逃避現實。沒錯，現在的我身上穿著泳衣。說到我選了什麼款式的泳衣，答案是黑白配色的比基尼。我到最後還是選不出泳衣，於是請菲娜和修莉從學生泳衣之外的款式中幫我挑選。

可是，我實在穿不慣泳衣，覺得很難為情。

我不算是易胖體質，所以沒有小腹，身材卻也不結實，腰部和上手臂都軟趴趴的。

看著鏡子就讓我覺得更害臊了。

對家裡蹲來說，穿泳衣的難度果然太高了。

我決定穿著泳衣，然後再套上熊熊布偶裝。我沒有穿著泳衣走到戶外的勇氣。我正要把腳套進熊熊布偶裝的時候，等不及的修莉闖進房間了。

「優奈姊姊，快點嘛～」

修莉和我四目相交。

「為什麼要穿熊熊的衣服？」

「因為很害羞？」

「優奈姊姊很漂亮啊，很好看耶。」

「是的，穿起來很好看。優奈姊姊的身材很苗條，長長的頭髮也很漂亮。」

菲娜跟著修莉進入房間，看著我的泳衣裝扮，說出這番感想。我實在沒想到自己穿著泳衣的樣子被別人讚美竟然是這麼令人害臊的事。

「優奈姊姊，走吧。大家都出去了。」

「諾雅大人也說要先走，已經出門了。」

我從樓上看到了，所以我知道。因為我剛才都在逃避現實。

修莉和菲娜走到我身邊抓住我的手，妨礙我穿上熊熊布偶裝。

「優奈姊姊，沒事的，快點走吧。」

我不懂什麼叫做沒事。修莉拉著我的手。現在的我沒有熊熊裝備，也沒有穿熊熊鞋子，所以沒辦法站穩。修莉的力量把我拉走。

原來修莉的力氣這麼大。以前我都穿著熊熊裝備，根本不知道。

「好啦，不要這麼用力拉我。」

我放棄穿上熊熊布偶裝。我叫修莉和菲娜放開我的手，然後穿上熊熊鞋子，戴上熊熊玩偶手套。接著，我把熊熊布偶裝收進熊熊箱。

換句話說，我現在穿著泳衣，再加上平常的熊熊鞋子與熊熊玩偶手套。

熊熊玩偶手套裡面裝著道具，所以非戴不可。而且，去沙灘必須穿著鞋子才行。所以，這種裝扮一點也不奇怪。

我本來就沒有其他的鞋子，這也沒辦法。

「菲娜不害羞嗎？」

「我有點害羞，可是很期待去海邊玩。」

菲娜穿著有荷葉邊的比基尼泳衣，顏色和修莉一樣是白色。熊急色很受歡迎呢。

「優奈姊姊說過不可以穿普通的衣服下水吧？」

「因為那樣不好游泳，而且衣服貼在皮膚上，可能會讓人溺水。」

「所以，一定要穿泳衣才行吧。」

「對啊。」

我該不會是落入菲娜的話術圈套了吧？

雖然是自己設計的，穿著泳衣還是讓我很難為情。原因在於我老是窩在家裡，從來沒去過海邊或游泳池。對我來說，海水浴是未知的領域。

為了盡量遮住泳衣，我在肩膀上披著一大條毛巾。這樣一來就能稍微安心了。菲娜和修莉也按照我的指示，帶著自己的毛巾。

準備好之後，菲娜和修莉拉著我的手，催促我走出房間。小熊化的熊緩和熊急靜靜地跟在我們後面。

召喚熊緩和熊急是為了預防意外。雖然不太可能有克拉肯出現，這裡依舊是異世界，還是小心為上。況且我現在是這身打扮。

「優奈姊姊，快點，快點嘛。」

修莉等不及要跑出去了，菲娜一臉愉快地看著她，我則用疲憊的表情看著兩人，形成一幅古怪的構圖。

一來到沙灘，修莉和菲娜便朝海邊奔去。

「妳們要記得暖身喔～」

我不知道這個世界有沒有暖身的概念，卻還是脫口而出。

放眼望去，沙灘上只有來自克里莫尼亞的我們而已，就算稱之為私人海灘也不為過。這個地方也是城鎮的一部分，卻離中心地區稍遠，所以似乎很少有人會來到這裡。

我不知道要做什麼，於是望向周圍。孩子們正在水邊嬉戲，所有人都穿著學生泳衣，女孩們的胸口處寫著名字。

而且，其中有些孩子的泳衣是熊的造型。他們的頭上戴著跟修莉一樣的熊熊泳帽，從後面可以看到類似圓尾巴的東西。看來雪莉真的做了熊熊的尾巴。雖然沒有過半數，還是有好幾個孩子穿著熊熊泳衣。

孩子們在海邊玩的時候，菲娜正看著他們。

「菲娜，妳不去玩嗎？」

「那個，請問優奈姊姊會游泳嗎？」

菲娜有點客氣地這麼問道。

「我嗎？不知道耶。我小時候會游泳，可是已經幾年沒游了。」

畢竟我最後一次游泳是在小學的時候。我聽說只要一度學會騎腳踏車，就算有很長一段時間沒騎也不會忘記。不過這一點也能套用到游泳上嗎？

「那個，我不會游泳，可以請優奈姊姊教我嗎？」

「優奈姊姊，我也想學。」

菲娜和修莉果然不會游泳。即使克里莫尼亞附近有小溪，當時母親臥病在床，她們應該也沒有空出去玩。

「可是，要學游泳的話，還是請露麗娜小姐來教比較……」

我望向露麗娜小姐，但已經有幾個孩子聚集在露麗娜小姐身邊，向她學習游泳了。莉滋小姐也走不開。

順帶一提，男孩子都聚集在基爾身邊。

這下子只能由我來教她們了。

「我可以教妳們，但前提是我還會游喔。」

我得先確認自己還會不會游泳。如果不會游泳，我也沒辦法示範給她們看。

聽到我的條件，菲娜高興地回答「好的」。

她真的懂嗎？我要會游才能教她們喔。

我取下披在肩上的毛巾，細嫩的肌膚便感覺到刺人的豔陽。

好熱。

可是，為了確認自己會不會游泳，我必須取下手腳穿戴的熊熊裝備。

我脫掉熊熊鞋子和熊熊玩偶手套，熱氣便從腳下的沙子竄了上來。

明明穿著泳衣，感覺卻比穿著熊熊布偶裝還要熱，這是怎麼回事？我開始想念不會感覺到炎熱的熊熊布偶裝了。

為了下水，我把熊熊鞋子和熊熊玩偶手套交給熊緩與熊急保管。因為熊熊裝備不可轉讓，就算丟在沙灘上也不會被偷走。別人想拿也拿不走。只不過，可能是因為熊緩和熊急是我的召喚獸，所以能攜帶不可轉讓的熊熊裝備。因此，有什麼萬一的時候，熊緩和熊急可以把熊熊裝備拿給我，對我很有幫助。

熊緩和熊急真的是很優秀的召喚獸。就算要回到原本的世界，我也想帶熊緩和熊急一起回去。

把熊熊裝備交給熊緩和熊急的我光著腳走在沙灘上，腳底就像被火燒一樣燙。我望向孩子們，大家都若無其事。可能是鍛鍊方式不同吧？

老是窩在家裡的我和每天都四處活動的孩子們相比，有這種差距也是理所當然的。

下水之前，我稍微做了一下暖身運動。如果沒有暖身就下水，我的腳肯定會抽筋。沒有熊熊裝備，我的體能就比一般人還要差。

確實暖身完的我把腳放進海水裡。

小小的海浪打濕我的腳。然後，我緩緩走進海裡。

「好冷！」

「優奈姊姊，妳還好吧！」

只不過是海水比我想的還要冰而已。

「我沒事。」

我這麼回應，走到水深及腰的地方。

反正只是要游游看，這樣的深度就夠了。

我把身體打平，試著游起蛙式。

哦，我會游耶。上次游泳明明是小學的時候，我的身體卻還記得。

接下來，我也游了自由式和仰式。

我不會游蝶式，因為沒有游過。

「優奈姊姊好厲害。」

修莉這麼讚美我，讓我覺得很害臊。我只會稍微游一下而已。憑我的體力絕對沒辦法長泳，我只能游很短的距離。

既然知道自己還會游泳，我決定教菲娜和修莉。

我移動到熊緩和熊急那裡，戴起熊熊玩偶手套，從熊熊箱裡拿出浮板。雖說是浮板，其實只是木頭做的板子。異世界不可能有原本的世界那種浮板，只好用這種東西替代。

可是這塊板子和其他木板不同，浮力很強。

前幾天我找堤露米娜小姐商量，這種木材就是她告訴我的。我把這種木材製成的浮板拿給孩

子們，教他們如何使用。

也就是基本的踢水。

菲娜和修莉使用浮板，開始練習游泳。

……如此這般，我的游泳課就這麼開始了，卻又馬上結束。因為我的體力到了極限。我還記得怎麼游泳，然而沒有體力。

「優奈姊姊，妳還好嗎？」

看到我倒在熊緩的背上，菲娜一臉擔心地對我這麼說。

「我沒事。」

話說回來，我沒想到自己的體力這麼差。

「嗯，我稍微休息一下就沒事了。所以菲娜，妳也去玩吧。」

菲娜學得很快，馬上就會游泳了，於是跑去跟大家一起玩。

376 熊熊做柵欄（第二天）

教菲娜和修莉游泳之後，疲憊的我想找地方休息，但到處都是炎熱的陽光，沒有地方能遮陽。

我望向沙灘，院長似乎也覺得很熱。

我完全忘了自己有準備避暑用的東西。

我從熊熊箱裡取出熊熊屋版本的海邊之家，設置在一處無人的沙灘。話雖如此，我也只是把自己在電視上看過的海邊之家做成熊的造型而已。

我呼喚在沙灘上休息的院長，請她到熊熊海邊之家休息。

「院長，請在這裡休息吧。」

我應該早點想起來的。

院長向我道謝，進入海邊之家休息。

「那個冰箱裡有放飲料，如果孩子們來了，請讓他們在休息的時候補充水分。」

這裡有大型的冰箱，也有可以休息的空間。我拿出院長和自己要喝的飲料，遞給院長。

「非常謝謝妳。我忘了帶飲料過來，所以有點擔心。」

376 熊熊做柵欄（第二天）

「我準備了很多，大家可以儘管喝。」

我正在跟院長說話時，對熊熊屋版本的海邊之家感到好奇的孩子們陸陸續續靠了過來。然後，他們一看到我便疑惑地歪起頭。「那是誰？」「不知道。」「是優奈姊姊嗎？」「是嗎？」「好像真的有點像優奈姊姊耶。」孩子們議論紛紛的聲音傳進我耳裡。

看來大家都無法明確地認出我。

我對孩子們動了動熊熊玩偶手套的嘴巴。

「優奈姊姊？」

「果然是優奈姊姊！」

孩子們露出笑容，來到我面前。

看來孩子們果然是靠熊的裝扮辨識我的。

可能是覺得我們的互動很逗趣，院長笑了出來。

「對不起，我忍不住就笑了。」

我不生氣，也沒有抱怨的意思，但剛才的事有什麼笑點嗎？

接著，孩子們拿各式各樣的東西給院長看。

「我撿到了漂亮的貝殼喔。」

「我的比較漂亮啦。」

「兩個都很漂亮呀。」

「這個送給院長。」

「我的也是。」

「呵呵，謝謝你們。我會好好珍惜的。」

然後，孩子們繼續拿各種東西給院長看。

有人撿了小隻的螃蟹和寄居蟹，甚至是海星。看到小朋友撿海星來，我趕緊叫他們拿去丟掉。

真希望他們別撿些噁心的東西來。

無論如何，我請來到海邊之家的孩子們補充水分，拿水給他們喝。每次他們轉身離開，我就會看到某些孩子屁股上的熊尾巴，不禁嘆氣。

為什麼事情會變成這樣呢？

過了一陣子，露麗娜小姐帶著孩子們來了。

「優奈，妳做的東西還是一樣令人驚訝。連這裡也是熊的造型。」

熊熊屋不容易壞，這是為了多一層保障。考量到孩子們的安全，我的羞恥心只是其次。

「總之，露麗娜小姐累了也可以來休息喔。」

「優奈，妳好像已經累了。」

我的身體與精神都很疲憊。

「話說回來，優奈，原來妳的頭髮這麼長呀，而且身材也很纖瘦呢。」

露麗娜小姐仔細觀察我的身體，於是我用毛巾把身體遮起來。

「我能理解孩子們為何認不出來。要不是有看到妳跟孩子們的互動，我也心想『這個美少女是誰？』呢。」

「呵呵，謝謝誇獎。」

「露麗娜小姐也很漂亮啊。」

捏捏，捏捏。

我把露麗娜小姐的客套話當作耳邊風，這麼讚美露麗娜小姐。

露麗娜小姐確實是個美女。這麼漂亮的人以前竟然願意跟戴波拉尼組隊。

捏捏，捏捏。

而且她跟我不同，很適合穿泳衣。

露麗娜小姐的泳衣也是比基尼，以簡約的白色布料為基底，上面繡著漂亮的花朵圖案。原來如此，她的泳衣不是靠花紋，而是靠刺繡來展現特色吧。

要是雪莉看到了，我擔心她會做出有熊熊刺繡的泳衣。

算了，以後應該也沒機會做泳衣了，應該沒關係吧。

捏捏，捏捏。

「不過，我雖然覺得優奈是個可愛的女生，卻沒想到那套熊衣服裡面竟然是手腳這麼纖細的女孩子。」

捏捏，捏捏。

從剛才開始，露麗娜小姐就一直握著我的上手臂。

「原來妳是用這麼柔軟的手臂打倒戴波拉尼的呀，真令人不敢相信。」

捏捏，捏捏。

「不好意思，請妳不要再捏了。」

「因為很軟，摸起來很舒服嘛。」

「那妳何不摸自己的胸部呢？」

露麗娜小姐的胸部明顯比我大。

「摸自己的胸部又不好玩。」

我甩開露麗娜小姐的手，她的胸部便稍微晃了一下。

我的胸部？沒有晃喔。

「話說回來，雖然海浪很平穩，我還是有點擔心小朋友會被沖走。」

露麗娜小姐看著海面，這麼說道。

這片沙灘的海浪相對比較平穩，很適合玩水。

然而大人稍微一不注意，年幼的孩子就有可能溺水或是被海浪捲走。現在他們在水邊嬉戲，

或是牽著莉滋小姐的手。但我們無法隨時盯著每一個孩子。

況且也有孩子不會游泳，或許應該替他們做一個能安全玩耍的地方。

我撐起疲憊的身體，走到炎熱的太陽下。

「優奈，妳要去哪裡？」

我一走出海邊之家，露麗娜小姐便這麼問道。

「我想做個能讓孩子們放心游泳的地方。」

我走在沙灘上，熊緩和熊急也跟了上來。而且，熊緩和熊急的後面跟著孩子們，孩子們後面則跟著面帶笑容的露麗娜小姐，形成一列奇怪的隊伍。

我觀察周圍，尋找適合做游泳池的地方。每個地方都沒什麼差別。沙灘往左右兩側延伸，途中頂多只有岩石山。我移動到沒有孩子的沙灘。

這附近應該可以吧？

我來到水邊，把熊熊玩偶手套往前一舉。我突然想起身後的孩子，對他們警告道：

「不可以跑到前面喔。」

我再次舉起熊熊玩偶手套，使用魔法。於是海面升起無數根棍棒，形成大約寬二十五公尺的柵欄。

如此一來，就算被沖走也有柵欄擋著，不會流向更遠的地方。這樣就能放心讓孩子們在水邊玩耍了。

「露麗娜小姐，請叫孩子們在這裡玩吧。如果空間太小，我會再擴張的。」

「妳用起魔法還是一樣輕鬆呢。沒問題，我會請莉滋和基爾帶孩子們來這裡玩的。」

露麗娜小姐從這裡大喊，呼喚莉滋小姐等人。聽到露麗娜小姐的聲音，正在玩其他遊戲的孩子們都聚集過來。其中也包括菲娜和修莉的身影。

莉滋小姐走過來，一開始對柵欄表示驚訝，但又馬上向我道謝，開始和孩子們一起玩耍。

基爾也揹著兩個孩子走了過來。他面無表情地走著，難道不覺得重嗎？話說回來，他的肌肉還是一樣發達。

我看著基爾的時候，基爾也跟我四目相交。

「…………？」

可是，基爾對我視而不見，坐到沙灘上，開始監視孩子們。

剛才的反應是怎麼回事？

「他只是認不出優奈，最後放棄思考而已。」

露麗娜小姐對我說明基爾的行為。

如果不是熊的造型，要認出我真的那麼難嗎？

我沒有放在心上，拿出玩具——一塊大板子。材質跟剛才菲娜和修莉拿來練習游泳的浮板是一樣的。只要把它放到海面上，就可以代替木筏。這個東西正好適合給孩子們當玩具。

最重要的是，這種木筏的造型是熊的模樣。

木製的熊輕飄飄地浮在水上。為了防止孩子們爭搶，我拿出三艘左右。我一拿出熊造型的木筏，孩子們便高興地坐上去。

這麼一來，我的任務就結束了。為了休息，我再次回到熊熊海邊之家。

「口好渴。」

「請用，優奈姊姊。」

不知何時來到熊熊海邊之家的菲娜把水遞給我。

「謝謝妳。」

冰涼的水流過喉嚨。

真好喝。

我望向海邊，看到修莉正在跟孤兒院的孩子們一起玩。

「菲娜，妳玩得開心嗎？」

「是，我很開心。我還是第一次跟這麼多人一起玩。自從遇到優奈姊姊，我就遇到好多開心的事。」

菲娜對我露出笑容。

她用真誠的眼神這麼說，讓我覺得很難為情。為了掩飾自己的害臊，我轉移了話題。

「對了，諾雅她們好像不在，妳有看到她們嗎？」

來到沙灘之後，我一次也沒看到她們。

「諾雅大人嗎？我們來的時候，我看到她們走去那邊的岩石山了。」

菲娜指著位在稍遠處的岩石山。

「瑪麗娜她們也在一起吧。」

「是的，她們也在。」

既然如此，應該不用擔心了。

我從熊熊海邊之家望著在海邊玩耍的孩子們。

孩子們和露麗娜小姐、莉滋小姐等人在海裡開心地嬉戲。

基爾被一群男孩子圍繞著。他抓住跑過來的男孩子，然後把他們丟出去。

男孩子們被丟出去好幾次，但似乎玩得很開心。負責丟他們的基爾應該很辛苦吧。

原本在休息的菲娜也被修莉呼喚，跟她一起走了。

大家都玩得很開心。幸好有來這一趟。

我悠閒地看著孩子們玩耍的景象，突然聽到吵鬧的聲音。

「這是什麼！」

這個聲音應該是諾雅，她們似乎回來了。諾雅與希雅走進熊熊海邊之家。

「呃，優奈小姐？」

「優奈小姐？」

看到把熊緩當作抱枕的我，兩人頭上浮現問號。

「對啦，妳們兩個看過除了熊以外的裝扮，應該認得出來吧？」

「因為有個漂亮的人躺在這裡，我一時沒認出來。」

「優奈小姐，妳不只適合穿制服，這套泳衣也很適合妳呢。」

「謝謝妳們兩個的誇獎。」

雖然我好像有種被敷衍的感覺，還是這麼道謝。

而且諾雅和希雅都長得很可愛，就算被她們倆誇獎，我也沒什麼真實感。

順帶一提，諾雅的泳衣跟菲娜一樣帶著荷葉邊。相對於菲娜的白色，諾雅是藍色。希雅也穿著很可愛的泳衣。跟我比起來，她比較大。

希雅看著我的身體。

「話說回來，優奈小姐的身材好瘦喔。這麼纖細的身體竟然能跟魔物戰鬥，還勝過路圖姆大人，我真是不敢相信。」

希雅說的話跟剛才的露麗娜小姐一模一樣。

「如果妳來學校念書，一定很受歡迎。」

我知道這都是客套話。

「我不打算去上學，所以不會受歡迎的。」

「真可惜。」

我不太想聊到沒有鍛鍊過的身體，於是決定轉移話題。

「諾雅，妳們剛才跑去哪裡了？好像不在這附近。」

「是的，因為有人在那邊的岩石山釣魚，所以我們去看看，還跟姊姊大人學了游泳。因為我們待在岩石山的另一邊，所以沒有發現這裡出現了這棟房子。」

菲娜說得沒錯。

「對了，這棟熊熊房子是優奈小姐做的嗎？」

「因為我想弄個能讓大家休息的地方。」

我回答希雅的問題。不過，這裡幾乎只有我和院長在用。大家稍微休息之後就會馬上跑去玩。不知道是因為體力好，還是因為海邊很好玩。我想大概兩者都有吧。

「諾雅妳們累了也可以來休息喔。在強烈的日照下玩太久可不好。而且冰箱裡放著飲料，妳們要記得補充水分喔。」

「好的。我們因為口渴，本來想回房子一趟，這樣就不用麻煩了。」

諾雅與希雅從冰箱拿水出來，津津有味地喝著。

「好冰，好好喝喔。」

諾雅與希雅坐在我旁邊，抱著熊緩和熊急，開始休息。

「對了，米莎好像沒跟妳們在一起。」

我看到她們一起走出熊熊大樓，可是回到這裡的人只有姊妹倆。

「米莎正在接受瑪麗娜的游泳特訓。因為我已經學會游泳，她好像也想快點學會。」

「雖然學校也會教，但在入學之前學會的話，上課時也會比較輕鬆，所以提早練習是好事。」

比起不會游泳，會游泳肯定比較好。萬一遇到水災，或是在湖中划船的時候落水、被河水沖走等情形，會不會游泳的獲救機率完全不同。不管是什麼事，辦得到絕對比辦不到好。例如念書、運動、電腦、腳踏車與開車，多學一點技能總是好事。

我的年齡不能考汽車駕照，但我覺得有駕照比較方便。在這個世界，熊緩和熊急就能代替車子了。不過真要說的話，牠們好像比較類似機車？

377 沒有人發現熊熊（第二天）

過了一陣子，米莎來了。她對熊熊屋版本的海邊之家感到驚訝，然後讚美我穿著泳衣的樣子。

她說的話就跟諾雅一樣，我也請她在累的時候過來休息。

「米莎，妳如果累了也要喝些水，休息一下喔。」

補充水分是很重要的。

「好的，我也渴了，正好想喝水。」

米莎從冰箱裡拿出水，津津有味地喝著。

「對了，妳學會游泳了嗎？」

「是的，雖然沒辦法游很遠，但多虧瑪麗娜和艾兒的指導，我稍微學會怎麼游了。」

「就算不會游，進入學校之後也還能再學吧？」

「諾雅姊姊大人都學會了，只有我不會的話，感覺很不甘心嘛。」

「我比米莎大一歲。可以的話，我希望米莎明年再學會游泳。」

諾雅似乎也想維持姊姊的威嚴。

然後，我們休息了一陣子，諾雅與米莎便發現孩子們正在玩的道具，於是跑去玩了。

希雅、瑪麗娜和艾兒也追上她們。

多虧艾兒與瑪麗娜的幫忙，我才不必盯著諾雅她們。

她們畢竟是貴族千金。我不是對其他孩子有差別待遇，只是因為她們是克里夫和葛蘭先生託我照顧的孩子，所以我必須確保她們不會遇上危險。

我暫時與院長一起看著孩子們玩耍的樣子，這時菲娜回來了。

「優奈姊姊，修莉和孩子們的肚子都餓了，請問午餐要怎麼辦呢？莫琳小姐和安絲小姐都不在吧？」

已經到這個時間了啊。

正如菲娜所說，莫琳小姐和安絲等料理組的人都不在。

我對莫琳小姐等人說不必在意午餐的事，儘管去鎮上逛街；也對安絲等人說她們很久沒有拜訪親友了，慢慢聊也沒關係。

所以，午餐必須由我來準備。

「也對，差不多該準備午餐了。」

話雖如此，也只是從熊熊箱裡拿食物出來而已。

我正要從熊熊箱裡拿麵包出來時，沙灘變得有些吵鬧。

「什麼？」

「怎麼了呢？」

院長露出有點不安的表情。

「我去看一下。」

明明可能有危險，我卻只穿戴熊熊鞋子和熊熊玩偶手套便走出熊熊海邊之家。

菲娜、熊緩和熊急跟在我後面。

一走出熊熊海邊之家，我便看到好幾名拿著東西的男人與女人朝這裡走了過來。

什麼？

從服裝看來，對方是漁夫嗎？我在港口見過。

「喂～孩子們，我們現在就做好吃的料理，你們等著吧～」

一個男人對海邊的孩子們這麼喊道。原本正在玩耍的孩子們注意到人群，於是聚集起來。

啊，不可以隨便靠近陌生人啦。然而基爾和露麗娜小姐等人也在一起，我想應該沒問題。看到孩子們天真無邪的舉動，我有時候會感到不安。即使如此，我依舊不希望孩子們變得無法信任他人。世界上也有很多好人，因此我不忍心對孩子們太嚴厲。

「什麼，吃飯了嗎？」

「有好多魚魚喔～」

「是啊，我們現在就做好吃的東西給你們。」

男人輕輕撫摸孩子的頭，然後開始準備烹飪。

孩子們都興奮地看著他們做菜。

這究竟是怎麼回事？

為了確認狀況，我決定詢問附近的男人。

「不好意思，請問這是？」

「你們認識打扮成熊的小姑娘吧。」

打扮成熊的小姑娘是指我吧。要找她的話，本人就在你們面前喔。可是，特地報上名號也有點麻煩，於是我點點頭。

「我們聽說熊姑娘帶著很多孩子一起來海邊玩，所以就來這裡招待你們享用料理了。」

「你們是聽誰說的？」

「是安絲告訴我們的。」

看來洩漏情報的源頭是安絲。

「對了，熊姑娘不在嗎？我們總得先徵得她的同意。」

本人就在你們面前喔。可是現在表明身分可能會引起騷動。而且如果對方不相信，我會受到很大的打擊，所以我隱瞞了事實。我身旁的菲娜很罕見地忍著笑意。

「既然這樣，我會跟她說一聲的。」

「是嗎？那就拜託妳了。不過我們還是希望她來這裡露個臉，替我們轉告她吧。」

我離開男人面前。

當我左顧右盼，正在思考該怎麼辦的時候，引起這場騷動的犯人——安絲與賽諾小姐等人來了。安絲四處張望，然後朝我走來。

我正要向安絲打招呼的時候，安絲對我視而不見，向我旁邊的菲娜說道：

「菲娜，妳知道優奈小姐在哪裡嗎？」

「優奈姊姊嗎？」

拜託，我就站在菲娜旁邊啦。安絲跟剛才的男人作出同樣的反應。被這麼問到的菲娜露出困擾的表情，瞄了我一眼。

「漁夫們要替大家做午餐，我想向優奈小姐轉告這件事。」

那群人果然是漁夫。可是，我已經從漁夫的口中聽說事情原委了。

「優奈小姐明明打扮得那麼顯眼，卻很討厭引人注目。漁夫們也說想見見優奈小姐，所以我不知道該怎麼辦。」

就算猶豫，現在也來不及拒絕，而且漁夫們已經開始著手準備烹飪了。

「因此我想找優奈小姐商量，她在哪裡？」

安絲再度詢問菲娜。她從剛才開始就看著我，但似乎沒認出來。

菲娜不知所措地頻頻瞄著我，所以我決定向安絲搭話。

「安絲。」

「……呃，有什麼事嗎？」

安絲歪起頭。她果然沒有認出我。我舉起熊熊玩偶手套給她看，然後再抱起腳邊的熊急。

「妳該不會是優奈小姐吧？」

安絲總算認出我了。

「因為妳沒有打扮成熊的樣子，我一時沒認出妳是誰。」

不，別說是一時了，要是我沒有拿熊熊玩偶手套和熊急給她看，她根本認不出來。

這種辯解對我沒有用。

「我大概知道來龍去脈，但能請妳說明一下嗎？」

「其實，我回家一趟之後跑去市場買菜，跟漁夫們提到優奈小姐來拜訪的事，大家就說不收我的錢。但我覺得過意不去，於是便拒絕了。」

嗯，安絲的反應是正確的。

「那麼，為什麼事情會變成這樣？」

「漁夫們說既然如此，那就來招待客人享用料理吧。我說有很多小朋友，試圖拒絕他們，其他的漁夫卻又陸續加入……結果就變成這個狀況了。」

安絲望向正在準備料理的漁夫們。

海邊聚集了十名以上的漁夫。

「那個，真的很不好意思。」

安絲很沮喪。

我知道情況為什麼會演變成這個樣子了。這不是安絲的錯，所以我不會責怪她。

而且，我一來密利拉，可能遲早都會遇到同樣的狀況。第一天或許不該來海邊玩，而是去公會露個臉，請大家不要引起騷動才對。

漁夫們開始在沙灘上做料理，孩子們也都很開心，所以我今天決定接受他們的好意。可是，我不希望每次來都引起騷動，所以打算晚點再拜託他們別再做類似的事了。

我們看著準備的過程時，又有別的人帶著東西過來了。其中也有熟悉的人物，是我在雪山救助的達蒙先生。

達蒙先生注意到我，走了過來。

「安絲，熊姑娘不在嗎？好久沒見面了，我想跟她打個招呼。」

真是的，本人就在你眼前啦。

原來他不是認出我，而是看到安絲才會走過來的。

今天已經不知道重複了幾次同樣的對話。沒有一個人認得出我，讓我開始覺得有點寂寞。

我平常明明很討厭引人注目，沒被認出來卻又讓我覺得寂寞。連我都不禁覺得自己很難搞。

這次換安絲露出跟剛才的菲娜一樣的困擾表情，對我投射視線。

「呃，你眼前的人就是優奈小姐。」

安絲對達蒙先生表明我的真實身分。

「……妳是熊姑娘嗎？」

達蒙先生用驚訝的表情注視著我。

他的表情就像是看到什麼令人難以置信的東西。

我就這麼不適合穿泳衣嗎？

「妳沒有打扮成熊的樣子，我都認不出來了。沒想到那身熊裝扮裡面竟然是這麼可愛的小姑娘呢。」

達蒙先生重新觀察穿著泳衣的我，讓我覺得很難為情。我後退一步。

「話說回來，好久不見了呢。妳都蓋了房子，應該可以常常來這座城鎮吧？尤拉也很想妳喔。」

「沒有啦，因為我有很多事要忙嘛。」

自從打倒克拉肯之後，發生了各式各樣的事。例如護衛希雅等學生、創立安絲的店、掃蕩魔偶、做布偶並帶去王都、做蛋糕、參加米莎的生日派對、拜訪精靈村落、參觀校慶、前往沙漠等等，光是這麼回想，我真的在短期內做了很多事。我是不是有點太勤奮了？

「尤拉等一下應該也會來，妳就跟她見個面吧。」

「嗯，我也很想見她。」

「那麼，我們會準備午餐，大家盡量吃吧。」

達蒙先生說完便離去。

然後，來做午餐的人們一面準備，一面左顧右盼。他們肯定是在尋找我的蹤影。

不論是一開始跟我對話的男人還是安絲、達蒙先生，以及在那之前的孩子們與基爾，沒有一個人發現我是誰。

去王都的時候，國王也沒有發現穿著制服的我是誰。看來我要是沒穿熊熊布偶裝，就沒有存在感了。

我不發一語地回到熊熊海邊之家，進入更衣室，從熊熊箱裡拿出熊熊布偶裝並穿上。

然後，穿著熊熊布偶裝的我走出海邊之家，於是所有人的視線都集中到我身上。

「熊姑娘，原來妳在這裡啊。」

「我們找妳好久了。」

「妳的打扮還是沒變呢。」

「妳剛才都去哪裡了？」

「啊，優奈姊姊。」

「是熊熊耶～」

漁夫與孩子們的反應同時改變。

我從剛才就一直待在他們面前，況且我的打扮並不是沒有變，剛才明明就穿著泳衣。因為沒有人發現，我才會重新換上熊熊布偶裝。

而且孩子們似乎很高興，是我的錯覺嗎？一定是我的錯覺。

「我聽安絲說過了，謝謝你們。」

「別放在心上。我們會做好吃的料理，大家儘管吃吧。」

所有人都點頭回應男人的這番話。

我還以為大家會圍繞著我，感謝我打倒克拉肯，但他們沒有這麼做。頂多有人遠遠地對我打招呼，並沒有靠近我。

「我想大概是因為克羅爺爺叫大家不要給優奈小姐添麻煩吧。」

安絲苦笑著，這麼告訴我。我本來就覺得那個爺爺好像很有影響力，原來是真的。

我記得他好像是城鎮的長老之一。或許該找個機會向他道謝。

「優奈小姐，妳真受歡迎。妳在這座城鎮做了什麼嗎？」

希雅帶著諾雅等人走了過來。

「我只是發現了通往克里莫尼亞的隧道而已。」

我不知道希雅和諾雅從克里夫與艾蕾羅拉小姐那裡聽說了多少，於是這麼回答。米莎和瑪麗娜等人也在旁邊，我不能說溜嘴。

「就是因為這樣，隧道前面才會有熊吧。」

希雅露出意有所指的表情。她該不會都聽說了吧？

可是，這裡的人這麼多，我無法直接問她。希雅沒有開口問我，所以我也不打算回答。

「可是，優奈小姐，妳換回平常的熊熊服裝了呢。雖然穿泳衣也不錯，但還是熊熊服裝最有優奈小姐的風格。」

「我也這麼覺得。」

聽到諾雅的一番話，連米莎都接著這麼說。

看來「熊＝我」的公式已經深植在大家的腦中。

既然大家都這麼說，我就不把熊熊布偶裝脫掉了。

378 熊熊防止曬傷

我們在午餐時間享用漁夫們烹調的料理。漁夫們把魚類和貝類放在鐵板或鐵網上烤。四周瀰漫陣陣香氣，孩子們都迫不及待要開動了。過了一陣子，漁夫們把烤好的海鮮分配給每個孩子。

「才剛烤好，小心別燙到舌頭了。」

叔叔這麼叮嚀，把海鮮發給孩子們。

「看起來好好吃。」

「菲娜，妳也去拿吧。修莉已經開動了。」

修莉已經跟著孤兒院的孩子們一起排隊，拿到了一份料理。諾雅等人也在附近。

「我最後再拿就好。」

「妳這麼客氣，東西都要被吃光了喔。」

「別擔心，我們帶了吃也吃不完的食材。」

尤拉小姐來了，她的手上端著裝有料理的盤子。

「來，這是給優奈和菲娜的份。」

尤拉小姐把裝盤的料理遞給我們，看來她替我們拿了一份。我和菲娜向她道謝，接過盤子。

我也懶得排隊，所以很感謝她。

我馬上開始享用剛烤好的魚。

「味道怎麼樣？」

「很好吃。」

聽到我這麼說，尤拉小姐露出開心的表情。

我又品嚐了貝類、章魚、烏賊等料理，每一道菜都很好吃。

不只是我，我身旁的菲娜和周圍的孩子們，以及諾雅等人、露麗娜小姐等人也都吃得津津有味。明明得感謝替我們做料理的漁夫，我明天卻還要繼續麻煩他們。

「尤拉小姐，明天真的可以麻煩你們嗎？」

我這麼詢問端了新的料理來的尤拉小姐。

「妳是說船的事嗎？」

明天，孩子們要搭乘漁夫的船。

起因是一名漁夫問身旁的孩子「想不想坐船」。被這麼問到的孩子客氣地回答「我想坐」，於是漁夫便說「我來載你們出海」。周圍的孩子們一聽到便紛紛舉起手說著「我也要」，而且人數愈來愈多。這時候，其他的漁夫也加入對話，使得情況變得更加熱鬧。

我覺得會給人家添麻煩，於是出言阻止，孩子們卻因此露出難過的表情，漁夫們又站在孩子們那邊，而且連莉滋小姐和露麗娜小姐也很想搭船，讓我險些變成黑臉。

結果我沒能拒絕，只好接受漁夫們的好意，請他們載著孩子們出海。

可是，如果孩子們覺得只要拜託別人就能實現任何要求，那就糟糕了。

我們回去之後，我對院長和堤露米娜小姐提起這件事，她們卻對我說「優奈小姐這麼說恐怕也沒有說服力」、「優奈，妳回想一下自己至今做過的事吧」。

我才沒有溺愛孩子們呢，只是互利互惠而已。因為孩子們很努力，所以我才會給他們獎勵。可是，堤露米娜小姐等人似乎不這麼認為。

真是太奇怪了。

為了證明這一點，我狠下心來對孩子們說，如果有人不聽大人的話，我就要取消大家的乘船之旅。

孩子們第一次來海邊，也是第一次搭船。他們不知道什麼行為很危險，可能會因為一點輕忽而落海。所以，我交代他們一定要聽大人的話。

基爾、露麗娜小姐和安絲等人也會陪同，但在海上不知道會發生什麼事。

考量到萬一落海的情形，可能需要準備救生衣。

把用來做浮板的木材綁在身上，或許就可以代替救生衣了吧？

總之，經過這番小插曲，我們確定要搭船出海了。

「不用這麼介意啦，因為大家都很想報答妳。可是如果直接對妳做了什麼，就會挨克羅爺爺

的罵，所以他們才會想代替妳為孩子們做事。而且優奈，妳看著孩子們的眼神不是很快樂嗎？所以，大家才會覺得讓孩子們開心就能讓妳也開心。」

因為男人是很單純的──尤拉小姐笑著小聲這麼說。

這麼說來，他們似乎把孩子們當成我的替身了。既然他們都沒有直接來找我，就表示他們真的很怕克羅爺爺。看來我得好好感謝克羅爺爺了。

「可是尤拉小姐，妳靠近我沒關係嗎？會不會被其他人說閒話？」

「沒關係的。畢竟當初就是我們帶妳來的，所以我們比較特別。」

尤拉小姐和達蒙先生該不會是因為帶了我過來，所以也是被感謝的對象吧？

「我們沒有被感謝啦，因為我們只是偶然遇到妳而已。不過就算親近妳，應該也不會被說閒話吧？如果太超過，還是會引起反彈就是了。」

尤拉小姐笑著這麼說。

「可是，我們搭上船的話，捕魚的工作怎麼辦？」

「早上是很忙沒錯，但捕魚結束之後，再來就只剩賣魚的工作而已，所以妳不必放在心上。」

那就好。

搭船也是很寶貴的經驗。孩子們之中或許也有人會想要成為漁夫。如果有那樣的孩子，讓他們趁機參觀漁夫的工作也不錯，畢竟我聽說捕魚是很辛苦的工作。

午餐結束之後，漁夫們收拾完工具便離去。

雖然漁夫們突然現身讓我很訝異，卻給了孩子們一個驚喜，真是太好了。

到了下午，吃飽喝足的孩子們依然在海邊游泳、玩沙，或是騎著熊緩與熊急玩耍。諾雅忍不住想跟熊緩和熊急玩，於是跑來拜託我。我請她跟孤兒院的孩子們一起玩，同意借出熊緩和熊急。

為了游泳，我再次換回泳衣的裝扮，和菲娜與修莉一起玩，體力卻很快就到了極限，於是返回海邊之家。要是沒有熊熊裝備，我的體力真的連小孩子都不如。

是不是該稍微鍛鍊一下呢？

可是，就算開始鍛鍊，我大概也只有三分鐘熱度吧。

然後，雖然發生了很多事，大家還是平平安安地玩到太陽下山了。孩子們似乎也覺得落日的景象很美，大家都忘我地觀賞著夕陽。

過了一陣子，我們回到熊熊大樓。

我的體力到了極限，決定先去洗澡。

我現在穿著熊熊鞋子，所以還好，但如果沒有熊熊鞋子，我就累得一步也走不動了。明天或

許會引起肌肉痠痛吧。萬一變成那樣，魔法能治好嗎？

被傳送到異世界的人之中，大概也只有我會想用魔法治好肌肉痠痛了吧。

無論如何，為了泡個放鬆的澡，此刻的我帶著菲娜等人前往浴室。

「謝謝妳們。」

替大家放洗澡水的人是菲娜和修莉，還有昨天答應幫忙的諾雅等人。

我本來也想幫忙，體貼的大家卻對我說「請回房間休息吧」，於是我接受她們的好意。過了一陣子，洗澡水已經放好了，所以我來到四樓的更衣間。

我正在慢慢脫下熊熊布偶裝的時候，諾雅等人迅速脫掉衣服，踏進浴室。

然後，當我脫完熊熊布偶裝，走進浴室的瞬間，立刻聽到慘叫聲在浴室內迴響。

「怎麼了！發生什麼事了？」

「好痛，好痛！全身都好刺痛喔。」

「嗚嗚，身體好痛！」

發出聲音的人是諾雅和米莎，兩人都痛得輕撫自己的身體。

「優奈姊姊！身體有種刺刺的感覺。」

「我也覺得身體好痛！」

修莉和菲娜也痛得輕撫自己的身體。看來是因為曬傷的關係，她們的皮膚都很痛。

待在海邊的時候看不出來，但現在就能看出諾雅她們的身上留著泳衣的曬痕。黑色和白色的皮膚之間形成清晰的界線。整天都在豔陽下玩耍，會曬傷也是當然的。

我看著自己的手臂和身體，膚色依然很白。畢竟我都躺在海邊之家，當然不會曬傷了。吃午餐的時候，我穿著熊熊布偶裝，並沒有長時間待在大太陽底下。多虧如此，我並沒有曬傷。

「大家都曬得這麼黑，會痛也很正常。」

「這就是所謂的曬傷嗎？」

諾雅看著自己曬傷的身體。

「諾雅，妳該不會是第一次曬傷吧？」

「我是第一次曬這麼久的太陽。菈菈常常提醒我用衣服遮擋太陽，或是催促我戴帽子，我總算知道理由了。」

菈菈小姐叮嚀諾雅的身影浮現在我的腦海。米莎好像也有同樣的經驗，於是點點頭。

也對，千金小姐應該沒有什麼曬傷的經驗，這也沒辦法。

她們夏天時應該會撐陽傘出門吧？

我稍微聯想到歐洲貴族風的裝扮，但諾雅似乎還不太適合。等她再稍微長大一點，或許很適合穿戴白色手套的造型。

「優奈小姐，妳是不是在想什麼失禮的事？」

諾雅用哀怨的眼神看著我。

「我才沒有呢。」

我從諾雅身上移開視線，望向菲娜與修莉。

「菲娜和修莉還好嗎？」

「我有點痛。」

「好痛喔。」

畢竟菲娜和修莉也曬得很黑，當然不可能不痛了。

可是，她們四個人正在喊痛的時候，只有希雅一個人若無其事地用熱水沖洗身體。而且，她的身體並沒有曬黑。希雅明明都跟諾雅她們一起玩，為什麼沒事？

「姊姊大人不會痛嗎？」

「我沒事，因為我有塗在王都買的藥。」

「那是什麼藥？」

諾雅驚訝地問道。

「是一種預防曬傷的藥。事先塗在身體上，皮膚就不會痛了。」

希雅得意地答道。

也就是說，她塗了有防曬效果的藥嗎？原來這個世界還有那種東西啊。

「既然有那種東西，為什麼不告訴我們呢！」

諾雅說出我的心聲。

「因為要自己經歷一次才會懂嘛。諾雅和米莎都應該體驗一次曬傷的感覺。不過，如果想成

為漂亮的女人，就一定要記得塗才行。」

希雅對諾雅展示自己的白皙手臂。

「姊姊大人太壞心眼了。」

諾雅不高興地鼓起臉頰。

「我只是覺得妳們應該趁年紀小的時候經歷各種事，所以才沒有說出來而已。」

希雅拿起一桶熱水，澆到諾雅和米莎的身上。兩人發出慘叫，對希雅大喊「不要」。

我已經很累了，拜託妳們安靜地洗澡吧。

總而言之，其他的孩子們應該也曬傷了，所以我把今天的洗澡水弄得偏涼，免得大家痛得哀叫。這樣總比洗熱水澡好。

我悠閒地泡在偏涼的浴池裡。

「優奈小姐該不會也塗了藥，所以才會這麼白吧？」

希雅看到我的身體沒有曬黑，這麼問道。

我只不過是因為體力太差，一直躺在熊熊海邊之家而已。

這次或許該感謝自己的體力這麼差。

不過，治療魔法能治好曬傷嗎？

曬傷應該也是燙傷的一種。既然如此，或許治得好吧。

果不其然，在我們之後入浴的其他孩子與大人一踏進浴室，全都發出了慘叫。洗完澡之後，安絲等密利拉人都替孩子們的身體擦了藥。那似乎是止痛藥。

「我就知道會變成這樣。」

「這是我們的必經之路喔。」

安絲和賽諾小姐等人笑著替孩子們的身體擦藥。

畢竟她們在海邊城鎮長大，肯定曬傷過好幾次。

治療魔法？

希雅說得對，曬傷也是一種經驗。過幾天應該就不會痛了吧。

而且，今天曬傷的事，以及明天坐船的事都會成為密利拉之旅的回憶。

現在孩子們都互相觸碰彼此曬傷的部位，開心地嬉鬧著。

我看著孩子們，很慶幸有來這一趟。

希望明天也是快樂的一天。

熊熊勇闖異世界 14

新發表章節

製作泳衣　雪莉篇

優奈姊姊拜託我製作可以下水游泳的衣服——泳衣。她拿了好幾張畫著泳衣的紙給我看，好像是很類似內衣的衣服。穿著這種衣服走在外面，感覺有點令人害羞。可是，優奈姊姊說這是在水裡游泳時專用的衣服。

在優奈姊姊以前住的地方，大家好像都會穿著這種衣服游泳。

總而言之，我替當時在場的菲娜、修莉和諾雅兒大人測量了身體的尺寸。如果泳衣太大或太小，不小心脫落就糟糕了。

我一定要仔細測量才行。諾雅兒大人也在的事讓我嚇了一跳，但是她在測量的過程中一直很配合。

反而是優奈姊姊不願意讓我測量身體的尺寸。可是，多虧諾雅兒大人和菲娜她們的幫忙，我總算是量好了。

然後，我開始製作大家挑選的泳衣。

我帶著畫有泳衣的紙，回到店裡找泰摩卡先生商量。

「這就是泳衣啊。我先前也聽說過，造型很可愛呢。」

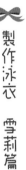

聽說位在海邊或湖邊的城市都有游泳專用的衣服。優奈姊姊說得沒錯。

「如果只是玩水的話，應該沒問題。若要在水裡游泳，穿著不好活動的衣服就容易有溺水的危險。」

我完全無法想像在水裡游泳的感覺。

我聽說大海有很多水，比湖泊和克里莫尼亞城還要大，甚至比全國最大的王都還要大。有那麼多水的話，一輩子都不愁沒有水用了。我原本這麼想，可是海水好像全部都是鹽水，所以不能喝。比湖泊還要多的水竟然全部都是鹽水，真是不敢相信。

只要住在海邊，或許就不用買鹽了吧。真是令人羨慕。

我問院長和泰摩卡先生為什麼海水是鹽水，可是他們好像不知道。大海真的很不可思議。

總而言之，大海比湖泊還要大，海水全都是鹽水，游泳時必須穿泳衣。而我要負責製作泳衣。

我決定不要太在意那些搞不懂的事。

回到孤兒院的那天晚上，我在大家集合起來吃晚餐的時間提到泳衣的事，導致大家開始吵吵鬧鬧。

大家好像很高興能做新的衣服，每個人都想看我攤在桌上的泳衣設計圖，於是聚集到我的周圍。

然後，有人想伸手去拿設計圖。

「會破掉的，大家不要搶。」

這是優奈姊姊畫的重要設計圖，要是被撕破就糟糕了。

我正要大叫的時候，院長先大叫了。

「你們回去位子上坐好！」

因為很少生氣的院長生氣了，大家都安靜下來，回到位子上坐好。

「這樣雪莉會很困擾的。」

大家都看著我。

然後，院長來到我的面前，看著泳衣的設計圖。

「雪莉，妳要替所有人做游泳專用的衣服嗎？」

「是的，優奈姊姊拜託我做。」

如果應付不來，我會請泰摩卡先生幫忙，但我想盡量一個人完成。

院長看著所有小朋友。

「做各種不同的衣服是很辛苦的，所以大家就穿這一套吧。」

院長拿起一張設計圖。這套泳衣沒有什麼複雜的構造，也沒有荷葉邊等裝飾，做起來應該很簡單。

院長可能就是這麼覺得，所以才會選這一套吧。

可是，小朋友也提出不少反對的聲音。

「那麼，大家可以選自己想要的顏色。顏色的話，只要換布料就可以了。」

經過一番討論，我們決定用熊緩與熊急的兩種顏色來製作泳衣。

可是，選了熊緩和熊急的顏色之後，我們又遇到另一個問題。

一個女孩看到某張泳衣設計圖，說她想要「熊熊的尾巴和帽子」。

我確認她拿著的紙，上面畫著熊熊的尾巴和帽子。

這張插畫是優奈姊姊丟進垃圾桶，後來修莉又撿起來交給我的設計圖。

其他還小的孩子看到這張插畫，也都說「我想要熊熊」。

院長露出傷腦筋的表情，這麼問我：

「雪莉，這樣的要求還可以嗎？」

「只要做圓尾巴和帽子就好了。」

我說這樣很簡單，院長就同意了。

最後，院長指著泳衣的胸口部分，這麼說道：

「另外就在這個地方寫上名字吧。這麼一來，就能知道那件泳衣是誰的了。」

的確，如果把同樣的衣服放在一起洗，可能會不小心搞混。現在偶爾還是會發生類似的事。

大家也不反對在自己的泳衣上寫名字。

吃完飯之後，我幫大家測量身體的尺寸，同時問他們要選什麼顏色的泳衣，以及是否想要尾

巴。

女生選的顏色都不太一樣，男生卻全都選了熊緩色。男生好像比較喜歡黑色。

想要加上尾巴的小朋友大多是幼年組的孩子。

無論如何，能順利選出泳衣真是太好了。

到了隔天，我馬上開始製作大家的泳衣。

因為有很多孩子的尺寸都差不多，所以能從同樣的版型開始做，相對比較輕鬆。

平日的時間，我都在做大家的泳衣，到了「熊熊的休憩小店」和「熊熊食堂」休假時，我要去這兩家店一趟。首先是「熊熊的休憩小店」。

「雪莉，歡迎妳來。」

莫琳小姐出來迎接我。

「請問卡琳姊姊和涅琳姊姊在嗎？」

「她們在喔。」

為了見到卡琳姊姊和涅琳姊姊，我走上店面的二樓。

「雪莉，有什麼事嗎？」

「請讓我測量一下兩位的身體尺寸。」

「咦，為什麼？」

兩位姊姊都露出驚訝的表情。

我沒有說明就突然這麼要求，所以她們好像不明白我的意思。

「為了做游泳專用的衣服，我需要先測量尺寸。」

我說起優奈姊姊拜託我幫所有人製作泳衣的事。

「所以，我想知道兩位的身體尺寸。」

「啊，妳是說在水裡游泳時穿的衣服吧，我有聽說過。因為我在王都幾乎沒有機會游泳，所以沒有穿過。」

「兩位都知道嗎？」

「嗯，因為王都什麼都有賣。到了這種炎熱的季節，某些店家會賣泳衣，但是我覺得那跟自己無緣，所以從來沒有特別注意過。」

「不管怎麼樣，請卡琳姊姊和涅琳姊姊從這裡面選出一套泳衣吧。」

我把優奈姊姊畫的泳衣設計圖排列到桌上。

「啊，我記得王都也有賣類似的東西。」

「我們真的要穿這種衣服嗎？」

「對，優奈姊姊是這麼說的。」

「穿成這樣，肚子全都露出來了。」

涅琳姊姊摸著自己的肚子。

「我覺得自己最近好像胖了一點。」

「我也是。」

卡琳姊姊也撫摸自己的肚子。

隔著衣服看不太出來，但我覺得她們並沒有那麼胖。不過，卡琳姊姊和涅琳姊姊好像很介意。

話說回來，到裁縫店買衣服的客人之中，也有人對發胖的身材很介意，所以我有思考對策。

如果擔心自己有小腹，只要把肚子遮起來就行了。

「那麼，兩位可以選這種泳衣。」

我指著可以遮住腹部的泳衣。

「就算是包裹腹部的泳衣，還是只有薄薄一層布吧？這樣根本遮不住小腹。」

兩位都覺得不行。

如果是很大件的寬鬆服裝，的確可以遮住腹部；但是泳衣很貼身，好像沒辦法遮掩體型。

「呃，真的非穿不可嗎？」

涅琳姊姊這麼問我。

「優奈姊姊叫我做所有人的泳衣，所以我一定要做……」

再這樣下去，我就不能遵守優奈姊姊的約定了。

「哇，妳別哭嘛。」

「對了，媽媽的份呢？」

「我不需要喔。」

聽到我們對話的莫琳小姐這麼拒絕。

「只有媽媽不用穿，太賊了啦。雪莉如果不做媽媽的泳衣，應該會被優奈小姐罵吧？」

「那個，其實優奈姊姊說莫琳小姐和堤露米娜小姐可以自由選擇要不要穿。可是，她有說一定要做卡琳姊姊和涅琳姊姊的份。」

「優奈很懂嘛。」

莫琳小姐似乎很高興。

「所以，如果我沒有做卡琳姊姊和涅琳姊姊的泳衣，優奈姊姊會……」

既然優奈姊姊已經拜託我了，我一定要信守承諾。

「我知道了啦。可是我暫時不能再試吃蛋糕了。」

「這都是因為涅琳拜託我試吃一堆東西啦。」

「卡琳表姊還不是一樣會叫我試吃麵包。」

兩人都摸著自己的肚子。

「如果能早點知道要去海邊的事就好了。」

「去海邊之前，至少要盡量減掉身上的贅肉。」

卡琳姊姊和涅琳姊姊都嘆了一口氣。

我覺得她們兩位其實沒有那麼胖，但大人好像很介意這種事。來裁縫店的許多客人也都很在乎身材。

光是體重增加一點點，就好像出了什麼大事。

我實在搞不懂。我覺得可以吃很多美味的東西，應該是一件很幸福的事。

然後，我請兩位挑選泳衣，也順利測量完身體的尺寸。

雖然覺得有點累，我接下來還得去「熊熊食堂」替安絲姊姊等人測量身體的尺寸才行。

減肥　涅琳篇

我本來打算到王都向莫琳姑姑學習做麵包，現在卻在克里莫尼亞城做蛋糕。

優奈教我做的草莓蛋糕非常美味，所以很受歡迎。最近我正在試做搭配當季水果的蛋糕。

優奈說她買了很多草莓，隨時都能做草莓蛋糕，但我不太確定。

「卡琳表姊，味道怎麼樣？」

我請卡琳表姊試吃我新試做的蛋糕。我一開始也有拜託莫琳姑姑，可是她過了一陣子就開始拒絕了。

她說年紀大的人嚴禁在睡前吃東西。

我覺得莫琳姑姑明明就還很年輕。

另外，我也想拜託在店裡工作的孩子們試吃，可是孤兒院的院長說這樣會讓他們吃不下晚餐，所以要我別給他們吃太多東西。

因此，我基本上都是請卡琳表姊來試吃。而且，除了這家店以外，有一家旅館也會賣蛋糕，所以我有時候也會請旅館的女兒——艾蕾娜小姐試吃。

「這次也很好吃喔。」

卡琳表姊吃得津津有味。

「太好了。」

「可是，這種我就不懂了。」

優奈說有些大人口味的蛋糕會加酒，然而我沒有喝過酒。我曾經試著喝過一口，卻不覺得好喝。

大人真的是喜歡這種東西的味道才喝的嗎？我很懷疑。

卡琳表姊好像也跟我有同感，所以我放棄了加酒的蛋糕。況且這裡有孩子們在工作，要是對他們造成負面影響就糟了。

結束今天一天的工作，我正在收拾的時候，堤露米娜小姐來到了店裡。然後，我從她口中聽說要去密利拉鎮玩的事。聽說這是優奈一時興起才決定的事。而且最令人驚訝的是，孤兒院的孩子們和我們這些店裡的員工也都可以一起去。據堤露米娜小姐所說，這好像叫做員工旅行。

員工旅行是什麼？

堤露米娜小姐似乎也不清楚詳情，但優奈說這是為了慰勞員工的辛勞才舉辦的旅行。

所以，費用全部都是優奈負擔，不論是前往密利拉鎮的馬車費，還是住在密利拉鎮的旅館費，我們連一毛錢都不用付。

堤露米娜小姐說密利拉鎮也有優奈的房子，所以大家都可以住在那裡。

她知道大家總共有多少人嗎？

而且更令人驚訝的是，我們在休假的期間也可以領到薪水。

聽到這番話的莫琳姑姑和卡琳表姊都目瞪口呆。

我也一樣。光是連休好幾天就讓人不敢相信了，竟然還能領到薪水，而且又能參加免費的旅行。所謂的瞠目結舌就是這種感覺吧。

出發日還沒有決定，聽說要等天氣再熱一點。另外，堤露米娜小姐拜託我轉告旅館的艾蕾娜小姐，我們去旅行的期間無法提供蛋糕給旅館販售。

如果沒有提早通知，的確會給艾蕾娜小姐添麻煩。

隔天，艾蕾娜小姐來拿旅館要販售的蛋糕了。

「涅琳，新的蛋糕很好吃喔。我爸媽也都說很好吃。」

「太好了，那我下次請堤露米娜小姐和優奈試吃，試著拿到店裡賣好了。」

「一定會大賣的。」

可是，應該還要再過一陣子才能開賣吧？

我向艾蕾娜小姐轉告堤露米娜小姐交代我的事。

「咦，涅琳，妳要去密利拉鎮嗎？」

「雖然日期還沒有確定，但好像是這樣。所以到時候我就不能做蛋糕了。」

「嗯，那也沒辦法。密利拉鎮啊，真好，我也好想去那裡看看喔。」

「妳要一起去嗎？我會問問看優奈的。」

優奈認識艾蕾娜小姐，說不定願意帶她一起去。可是，艾蕾娜小姐搖了搖頭。

「不用了，我大概不能去吧。有很多人會去密利拉鎮，或是從密利拉鎮來到這座城市。旅館女兒是很忙的，沒有時間休息。」

艾蕾娜小姐家是一間旅館，我剛到克里莫尼亞的時候就是住在她的家。當時她對我很親切，所以我們成了朋友。我們有時候會在假日一起出來玩。可是，自從連接密利拉鎮和克里莫尼亞城的隧道開通之後，旅館似乎都很忙碌。

生意興隆雖然是好事，但一定很辛苦。

「那麼，我會在出發之前多做一些蛋糕的。」

「嗯，謝謝妳。」

艾蕾娜小姐收下蛋糕後便離開了。

今天是假日，我正在跟卡琳表姊聊著密利拉鎮的話題時，雪莉來店裡拜訪了。雪莉是替這家店做熊熊制服的女孩子，我身上穿的熊熊制服也是雪莉做的。

我正在猜想她為何來到店裡的時候，她便說自己要做游泳專用的衣服，所以想請我和卡琳表姊讓她測量身體的尺寸。

雖然我沒有在克里莫尼亞見過，但也知道泳衣的存在。鄰近湖邊或海邊的地方會賣泳衣。王都也有賣泳衣的店。

雪莉拿出泳衣的設計圖給我們看，上面畫著各式各樣的泳衣。

看到泳衣插畫的瞬間，卡琳表姊和我開始觸摸自己的身體。特別是腹部。

最近，我們試吃了很多蛋糕。

某些泳衣的造型會露出肚子。就算是包住腹部的泳衣也只是緊貼著身體的一層薄布，所以藏不住小腹。

我和卡琳表姊本來想拒絕，雪莉卻說「優奈姊姊拜託我幫所有人做泳衣」，還露出難過的表情。

孤兒院的孩子們都很喜歡優奈。

聽說事情經過之後，我也能理解他們為何這麼喜歡優奈。所以，只要是優奈說的話，孩子們基本上都會聽。如果優奈有什麼要求，孩子們也不會拒絕。況且優奈根本不會叫孩子們做奇怪的事，也很尊重孩子們的意見。所以，孩子們都很喜歡她。

因為如此，既然是優奈的請求，雪莉應該也不想說自己做不到吧。

我受到優奈不少照顧，卡琳表姊也一樣。所以，既然是優奈的指示，我們就無法拒絕。

重點是，我們能免費去密利拉鎮旅行，根本沒有臉說不要。

總而言之，雖然我們測量了身體的尺寸，還是得減掉身上的贅肉才行。特別是腹部。

我和卡琳表姊從明天就要開始減肥了。

首先，我停止研發新的蛋糕。這絕對是最大的原因。開始吃蛋糕的試做品之前，我的體重沒有這麼高，肚子應該也沒有這麼凸。

我減少食量，再搭配運動。

「我們還有店裡的工作，要怎麼運動呢？」

我這麼詢問卡琳表姊。

「應該只能早點起床，在開店之前運動了吧。」

我們還得做蛋糕和麵包。

從隔天開始，我和卡琳表姊都會提早起床，在孤兒院附近運動。

有些身材緊實的女性冒險者會來店裡消費，我們向她們詢問瘦身的方法，她們便建議我們跑步，並鍛鍊一部分身體（腹部）的肌肉。

「一二三四～二二三四～」

首先，我們在孤兒院的周圍慢跑。

現在回想起來，我上次長時間跑步好像是小時候。小時候的我根本不會累，經常到處跑來跑去。可是，現在我已經沒有體力能到處奔跑了。當時的體力究竟消失到哪裡去了呢？

卡琳表姊也一樣，跑完全程便累倒在地。

「嗚～好累喔。跑步本來就是這麼累的事嗎？這幾年我都只是站在店裡工作，沒想到體力這麼差。」

「我也是。」

我再也不想動了。可是，為了得到緊實的腹部，一定要運動才行。

「稍微休息之後，還要做冒險者教我們的運動呢。」

我和卡琳表姊仰躺在地上，然後坐起上半身。

「嗚嗚，我坐不起來。」

我的腳往上抬，沒辦法坐起上半身。

「卡琳表姊，幫我把腳壓住。」

「我們輪流做吧。」

我和卡琳表姊輪流壓著彼此的腳，進行坐起上半身的運動。

重複十次就很吃力了。

「我們暫時都要每天做這個，而且做好幾次嗎？」

光是這麼想，我便開始覺得麻煩了。

可是，冒險者為了鍛鍊身體，好像有空的時候就會做。

想想也對。走進森林深處需要體力，遇到魔物就要戰鬥，獵物逃走的話還得追上去。

如果遇到強敵，那便必須逃走。

身體有贅肉就會妨礙行動，甚至可能致命。
所以，用劍的冒險者不論是男是女，體格都很結實。
想到這裡，我覺得冒險者真的很厲害。
優奈身為冒險者，體格一定也很結實吧。
那套熊熊服裝裡面應該是一副漂亮的身材。
我也要好好努力才行。

多虧這段時間的努力，到了終於要往海邊出發的時候，我們的腹部也順利恢復到不至於丟臉的程度了。

熊熊粉絲俱樂部　諾雅篇

今天，菲娜和雪莉來家裡拜訪了。

「菲娜、雪莉，歡迎妳們。快進來吧。」

「打擾了。」

「是、是的，打擾了。」

菲娜和雪莉走進房間裡。

「菲娜，謝謝妳帶雪莉過來。」

我透過菲娜得知了泳衣已經完成的消息。我本來打算去優奈小姐家試穿，但是優奈小姐因為父親大人委託的工作而去了王都，還沒有回來。

我真希望父親大人不要在這種時機委託優奈小姐，但他說那是國王陛下的委託，所以我也無法抱怨。

因此，雖然對雪莉不好意思，我還是請她來家裡一趟。

我請菲娜和雪莉坐到椅子上。

雪莉緊張地縮起身體，就像第一次見到我的菲娜一樣。

上次有優奈小姐在場，所以她比較不怕，看來還是要有優奈小姐的陪伴才行。

我或許不該邀請她來家裡的。

我很想跟雪莉當朋友，但身分差距似乎很大。

我也花了好一段時間才跟菲娜成為好朋友，所以我要有耐心一點。

「那麼，可以請妳給我們看看泳衣嗎？」

我用溫柔的語氣對雪莉這麼說。

「好、好的，這就是泳衣。」

雪莉緊張地從布袋裡取出泳衣，攤開在桌面上。

「這就是游泳專用的衣服呀。」

雖然已經看過設計圖了，布料面積這麼小，還是讓人有點害羞呢。

可是，穿著普通的衣服不適合在湖裡或海裡游泳，有溺水的危險，所以才要換上這種衣服。

不過，一個人穿這種衣服依然很令人害羞。

「雪莉，妳有帶菲娜和妳的泳衣嗎？」

「呃，是的，我有帶。」

「那我們就一起換衣服吧。」

「我也要換嗎？」

「！」

聽到我說的話，菲娜和雪莉都很驚訝。

「我一個人在妳們面前換衣服，感覺太害羞了，所以我們一起換吧。」

大家一起換衣服，害羞的感覺應該也會減輕。而且，我覺得一起換衣服也能聊得更熱絡。

「不行嗎？」

我再問了一次，菲娜和雪莉便面面相覷，然後輕輕點頭。

「好吧。」

兩人答應了我的請求。

雪莉從布袋裡取出泳衣給菲娜，然後把自己的泳衣放在桌子上。

「那麼，開始換衣服吧。」

我一開始脫衣服，菲娜和雪莉也認命地脫起衣服。

我把衣服放在桌上，然後穿起泳衣。

布料面積果然很小。

我走到房間裡的全身鏡前。雖然布料面積很小，造型卻非常可愛。

我轉了一圈，短短的裙子便跟著搖晃。

雖然很可愛，我還是感到有點害羞。

我望向菲娜和雪莉，她們兩個人都已經換好泳衣了。菲娜的泳衣跟我是同樣的設計。

她也和我一樣，表情有點害羞。

可是，雖然自己穿起來很害羞，但如果看到其他人穿，我就覺得很可愛。所以，大家一起穿的話，或許就不會覺得害羞了。

如果我現在是一個人穿著泳衣，就會覺得很害羞，但因為菲娜和雪莉也穿著泳衣，所以我不會尷尬。

不過，雪莉的泳衣看起來有點樸素。

她穿著沒有裝飾的黑色泳衣，胸口的部分還貼著白色的布，上面寫著「雪莉」。

「雪莉，這件泳衣是怎麼回事？」

優奈小姐畫的設計圖裡確實有這套泳衣。

「呃，孤兒院的孩子們全都穿同樣的泳衣。」

「那麼，上面怎麼寫著名字？」

「因為優奈姊姊畫的設計圖上有名字，所以我才寫上去。畢竟大家都穿同樣的泳衣，院長說這樣比較容易分辨。」

孤兒院的確有很多孩子，可能會分不出哪件泳衣是誰的。

「大家還是可以選黑色或白色，分別是熊緩色和熊急色。」

雪莉這麼說，拿出白色泳衣給我們看。

「白色比較可愛呢。」

雖然對熊緩不好意思，我還是覺得白色比較可愛。

可是，只有我們穿著不同的泳衣，感覺有點令人過意不去，但既然是院長決定的事，我們就沒有資格插嘴。

「那麼，請問諾雅兒大人覺得泳衣做得如何呢？」

雪莉一臉不安地問道。

「我覺得非常可愛。」

「謝謝誇獎。」

雪莉露出高興的表情。

「對了，請問尺寸還可以嗎？會不會滑落或鬆脫呢？」

我稍微活動一下身體。布料很貼身，沒有鬆脫。

接著，我在原地跳了幾下，泳衣還是沒有鬆脫或滑落。

「沒有問題。」

我這麼說，雪莉好像就放心了。

「菲娜，妳覺得呢？」

菲娜也和我一樣活動身體，但泳衣沒有滑落或鬆脫。

「是，沒有問題。」

那麼，我決定進行最終確認。

「既然這樣，接下來我們到浴室確認吧。」

「浴室嗎？」

「是的，我覺得有必要確認下水的感覺，所以就準備了水。」

機會難得，所以我決定在浴室進行確認。

菲娜和雪莉也沒有強烈反對，於是我們來到浴室。

「真的要下水嗎？」

「菲娜、雪莉，妳們也沒有穿泳衣下水過吧？」

「是的。」

「我也沒有。」

「既然這樣，還是確認一下比較好。如果有什麼缺陷，那就糟糕了。」

聽到我這麼說，雪莉點了點頭。

「那麼，首先就從我開始試吧。」

我踏進浴池。

「穿著這種衣服，在水裡的確很好活動呢。」

雖然不到裸體的程度，感覺還是很接近。

如果穿著平常的衣服下水，水一定會滲透到衣服裡，變得難以活動，但穿泳衣就不會那樣了。

「菲娜和雪莉也進來吧。」

我拉著呆站在旁邊的兩人，把她們拉到浴池裡。

「真的很好活動呢。」

「以前衣服沾到水的時候，衣服會貼在皮膚上，感覺很噁心，但穿泳衣就不會了呢。」

「對呀，被雨淋濕的時候，我也覺得那種感覺很噁心。」

我沒有淋濕的經驗，不過穿著濕掉的衣服好像很不舒服。

「看吧，果然還是有試過比較好。」

「是的，我學到了一課。」

後來，我們在浴室裡玩潑水的遊戲，就挨菈菈的罵了。

泳衣的確認到此為止。

我們把泳衣拿到庭院晾乾，然後回到房間。

「雪莉，泳衣沒有什麼問題。真的很謝謝妳。」

「不、不會，諾雅兒大人這麼喜歡真是太好了。」

這個時候，我問雪莉一件事。

這也是我邀請雪莉來家裡的其中一個理由。

「雪莉，妳喜歡熊熊和優奈小姐嗎？」

「熊熊和優奈姊姊嗎？是的，我很喜歡。熊緩和熊急都非常可愛，而且優奈姊姊救了我們。我能做這份工作，都是託優奈姊姊的福。」

雪莉帶著笑容回答，看起來並沒有說謊。

「雪莉，我記得熊緩和熊急的布偶就是妳做的吧？」

我拿起放在床上的熊緩布偶與熊急布偶給雪莉看。

「是、是的，這是優奈姊姊拜託我做的。」

果然沒錯。

因為她的名字跟我以前聽說的一樣，所以我馬上就察覺了。

「我非常珍惜這對布偶。」

「謝、謝謝諾雅兒大人。」

「所以雪莉，我認同妳是熊熊愛好者，特別頒發這個給妳。」

我對雪莉遞出一張卡片。

「這是？」

「熊熊粉絲俱樂部的會員證。」

「熊熊粉絲俱樂部的會員證？」

「沒錯，這是熱愛熊熊的人組成的俱樂部。」

會員號碼是０００５號。

「０００５號……」

「順帶一提，我的會員號碼是一號，菲娜是二號。」

０００１號是身為會長的我，０００２號是身為副會長的菲娜。

「三號和四號呢？」

「三號是我的一個女生朋友，四號是菲娜的妹妹修莉。」

「修莉是四號呀。」

我在校慶的時候把０００４號的會員證交給修莉了。修莉非常喜歡熊熊，甚至跟我不相上下。

配得上第五號會員的人就是做了熊緩布偶與熊急布偶的雪莉。

身為熊熊粉絲俱樂部的會員，她的資格無可挑剔。

「熊熊粉絲俱樂部平常都會做什麼呢？」

「我們會聊關於優奈小姐和熊熊的話題。」

雪莉看著熊熊會員證。

「我真的可以收下嗎？」

「如果連做出這種可愛熊熊布偶的雪莉都不能加入，那就沒有人能加入了。所以，請妳儘管收下吧。」

「謝、謝謝諾雅兒大人。」

「如果發生什麼關於熊熊或優奈小姐的事，請一定要告訴我們。」

「好、好的。」

呵呵，這麼一來就有五名會員了。我要努力招募更多熊熊粉絲俱樂部的會員。

然後，我們繼續暢談熊熊（優奈小姐）的話題，直到泳衣晾乾為止。

後記

我是くまなの。感謝您拿起《熊熊勇闖異世界》第十四集。

時光飛逝，《熊熊》包括漫畫版在內，這已經是第十八本書。

接下來，我有一件大事要向各位報告。大家可能已經透過書腰等管道得知，《熊熊勇闖異世界》已經確定要改編為電視動畫了。這一切都要感謝支持這部作品的各位讀者。

其實早在許久之前，我跟出版社討論時就曾提到，如果這部作品能動畫化就太好了。雖然是帶著半開玩笑的心態，但我確實很希望能成真。

某天，我到出版社討論事情時就接到了動畫化的消息。

為了製作動畫版，已經有許多人開始著手準備，我也會盡力提供協助。身為其中一名觀眾，我也期待得不得了。

雖然目前還無法透露詳細情形，但希望大家都能期待動畫播出的那天。

焦點回到書籍版，這一集的優奈會穿上泳衣。繼制服之後，這次是泳衣。自從撰寫密利拉鎮的故事開始，我就一直很想寫穿泳衣的情節。可是，一回神就已經來到第十四集了。密利拉鎮的

故事是發生在第五集，所以中間經過了相當長的時間。

在這一集，內容描述了優奈等人平安無事地享受旅行的故事。旅行當然不可能就這樣結束，敬請期待第十五集。

最後我要感謝在出版過程中盡心盡力的各位同仁。

感謝０２９老師總是替這部作品繪製漂亮的插畫。優奈等人的泳衣造型真的非常可愛。

感謝編輯總是包容我的錯誤。另外還有參與《熊熊勇闖異世界》第十四集出版過程的諸多人士，感謝你們的幫助。

感謝閱讀本書至此的各位讀者。

那麼，衷心期待能在第十五集再次相見。

二〇二〇年一月吉日　くまなの

倖存錬金術師的城市慢活記 1~5 待續

Kadokawa Fantastic Novels

作者：のの原兎太　插畫：ox

橫亙兩百年時光交織而成的鍊金術奇幻作品，
迎來令人感動的高潮發展!!

迷宮吞噬了「精靈」安妲爾吉亞，正逐漸地取代祂成為地脈主人。萊恩哈特率領迷宮討伐軍菁英，偕同吉克與瑪莉艾拉，為了守護這個深愛的城市與人們——將與「迷宮主人」正面交鋒!!

各 NT$260~300/HK$87~98

你喜歡的不是女兒而是我!? 1 待續

Kadokawa Fantastic Novels

作者：望公太　插畫：ぎうにう

單戀對象居然是青梅竹馬的媽!?
悖德（？）與純情交織的愛情喜劇，即將開演！

我，歌枕綾子，3×歲。升上高中的女兒最近和青梅竹馬的少年阿巧最近關係不錯……咦？阿巧有話要跟我說？哎呀討厭啦，和我的女兒論及交往好像太早——「……我一直很喜歡妳，請跟我交往。」咦？鄰家男孩迷戀的居然是我這個當媽的？不會吧！

NT$220/HK$73

神童勇者的女僕都是漂亮大姊姊!? 1~3 待續

Kadokawa Fantastic Novels

作者：望公太　插畫：ぴょん吉

「比起這個國家的律法，
我更看重妳的想法。」

少年和大姊姊們的生活仍充滿騷動！為探查諾因的真面目，席恩開始調查身上魔王的詛咒。同時，來到鎮上的雅爾榭拉發現有貴族正在進行「反奴隸運動」。幾天後，有個商人來到席恩的宅邸，並帶來兩名年幼的混血妖精。正好就是身處改革漩渦中的奴隸……

各 **NT$200/HK$67**

THE KING OF FANTASY 八神庵的異世界無雙

看到月亮就給我想起來！ 1 待續

Kadokawa Fantastic Novels

作者：天河信彥　監修：SNK　插畫：おぐらえいすけ（SNK）

融合八神庵與奇幻世界的
嶄新KOF小說，在此降臨！

與宿敵草薙京決戰之末——八神庵轉移到了異世界。於該地順水推舟救起一名女騎士，亞爾緹娜的庵，在她慫恿之下出場參加比武大會。而這只不過是以艾薩加公國為舞台所展開的冒險與激鬥之序章。KOF人氣男角用紫炎將異世界燃燒殆盡的禁斷奇幻小說！

NT$220/HK$73

刮掉鬍子的我與撿到的女高中生 1~4 待續

Kadokawa Fantastic Novels

作者：しめさば　插畫：足立いまる　角色原案：ぶーた

上班族 × JK，兩人的同居生活邁入倒數計時!?
日本系列銷售突破70,0000冊！

沙優的哥哥一颯突然來訪，兩人的同居生活突然面臨結束。回家期限在即，沙優緩緩道出自己的往事，關於學校，關於朋友，關於家庭。沙優為何會離家出走，而來到這麼遙遠的城市呢？這段日子跟吉田住在一起，她所獲得的又是什麼？事態急轉的第四集！

各 **NT$220~250/HK$73~83**

繼母的拖油瓶是我的前女友 1~2 待續

Kadokawa Fantastic Novels

作者：紙城境介　插畫：たかやKi

「分手情侶」變成「兄弟姊妹」？
甜蜜卻又讓人焦急喊救命的戀愛喜劇！

水斗遇見了邊緣系御宅少女東頭伊佐奈，兩人意氣相投，發展成在圖書室共度放學後時光的關係？兩人超越友情的距離感讓結女焦慮不安。當伊佐奈察覺到自己對水斗的愛意時，結女還得以「水斗的繼姊」身分支持她？複雜交錯的「水斗攻略作戰」即將開始！

各 **NT$220/HK$73**

嬌羞
俏夢魔的
得意表情
真可愛。
(3)
旭 蓑雄
插畫
なたーしゃ
～那個，我也要
認真起來了
喔……？
Kadokawa Fantastic Novels

嬌羞俏夢魔的得意表情真可愛 1~3 待續

Kadokawa Fantastic Novels

作者：旭蓑雄　插畫：なたーしゃ

有男性恐懼症的夢魔vs.反戀愛主義的人格缺陷者
無法老實的兩人，打情罵俏的戀愛喜劇。

夜美和愛上人類男性的夢魔朋友組成戀愛同盟，策劃對心上人設下愛情陷阱。這時，夢魔界以調查夜美和阿康的關係為名，提出了溫泉旅行的邀請。儘管阿康覺得這種擺明有內幕的發展很可疑，但夜美積極的進攻還是讓他慌亂不已……

各 **NT$200/HK$67**

無職轉生～到了異世界就拿出真本事～ 1~21 待續

Kadokawa Fantastic Novels

作者：理不尽な孫の手　插畫：シロタカ

為了尋找失蹤的塞妮絲，魯迪烏斯將綁架神子？

塞妮絲遭到某人綁架，下落不明。為了找到她，魯迪烏斯在米里希昂四處奔走。然而他卻被神殿騎士包圍，甚至被栽贓了綁架神子的罪名……至今每當出現狀況，總是會被先發制人的魯迪烏斯，究竟能否順利將塞妮絲帶回來呢……？

各 NT$250~270/HK$75~90

間諜教室 1 待續

Kadokawa Fantastic Novels

作者：竹町　插畫：トマリ

第三十二屆Fantasia大賞「大賞」，
痛快的間諜奇幻故事！

世界最強的間諜克勞斯，成立了專執行死亡率超過九成的「不可能任務」組織「燈火」。可是，挑選出的成員卻是毫無實務經驗的七名少女。毒殺、圈套、色誘——在為期一個月的課程中，為達成任務，少女們僅存的手段，是靠著爾虞我詐打敗克勞斯！

NT$240/HK$80

國家圖書館出版品預行編目資料

熊熊勇闖異世界/くまなの作；王怡山譯. -- 初版
. -- 臺北市：臺灣角川股份有限公司, 2021.03-
冊；　公分. -- (Kadokawa fantastic novels)
譯自：くま クマ 熊 ベアー
ISBN 978-986-524-275-6(第13冊：平裝). --
ISBN 978-986-524-410-1(第14冊：平裝)

861.57　　　　110000937

Kadokawa
Fantastic
Novels

熊熊勇闖異世界 14

(原著名：くま クマ 熊 ベアー 14)

2021年5月19日　初版第1刷發行
2023年4月25日　初版第2刷發行

作　者：くまなの
插　畫：029
譯　者：王怡山

發行人：岩崎剛人
總編輯：蔡佩芬
編　輯：邱璟萱
美術設計：黃永漢
印　務：李明修（主任）、張加恩（主任）、張凱棋
發行所：台灣角川股份有限公司
地　址：104台北市中山區松江路223號3樓
電　話：(02) 2515-3000
傳　真：(02) 2515-0033
網　址：www.kadokawa.com.tw
劃撥帳戶：台灣角川股份有限公司
劃撥帳號：19487412
法律顧問：有澤法律事務所
製　版：尚騰印刷事業有限公司
ＩＳＢＮ：978-986-524-410-1